小说便条

范墩子　著

SPM 南方传媒 | 广东人民出版社
·广州·

图书在版编目（CIP）数据

小说便条 / 范墩子著．—广州：广东人民出版社，2024.1

ISBN 978-7-218-17278-1

Ⅰ．①小…　Ⅱ．①范…　Ⅲ．①随笔—作品集—中国—当代　Ⅳ．①I267.1

中国国家版本馆 CIP 数据核字（2023）第 251893 号

XIAOSHUO BIANTIAO

小说便条

范墩子　著

出 版 人： 肖风华

责任编辑： 周汉飞
责任技编： 吴彦斌
装帧设计： WONDERLAND Book design 仙境 QQ:344581934

出版发行： 广东人民出版社
地　　址： 广东省广州市越秀区大沙头四马路 10 号（邮政编码：510199）
电　　话：（020）85716809（总编室）
传　　真：（020）83289585
网　　址： http://www.gdpph.com
印　　刷： 三河市中晟雅豪印务有限公司
开　　本： 880mm×1230mm　1/32
印　　张： 7.5　**字　　数：** 141 千
版　　次： 2024 年 1 月第 1 版
印　　次： 2024 年 1 月第 1 次印刷
定　　价： 78.00 元

如发现印装质量问题，影响阅读，请与出版社（020-85716849）联系调换。
售书热线：（020）87716172

目录

CONTENTS

状态

写作就像一场马拉松式的长跑运动，职业心态就是坚持写作的习惯，就如同农人一样日日在田间耕作的生活常态。当你像农人一样在纸面上“耕作”时，你便掌握了小说写作的要义。只有长期伏案写作的人，才能深刻领会小说的艺术，才会对小说这门伟大的学问怀有一颗赤子之心和深深的敬意。

故事

假若这个世界没有了故事，必将一片死寂，星光也会暗淡，天空也会变得灰头土脸。故事提供给我们别样的生活，一种介于假象与真相之间的存在，它永远关照世间万物的生命价值，尤其是对人性变化的洞察。厌弃故事的人，并不意味着就能逃开故事的“利爪”，他们身上或许藏着更大的故事“富矿”。

现实

小说不仅在拓展着现实的边界，它更是现实上空的太阳。我们在虚构的人物背后听见了自己的呐喊，并发现两个不同的自我正在亲密地交谈。写作小说和阅读小说其实都是寻找自我的过程，因为从一开始，我们就对世界充满着疑惑，生活的洪流不断在吞噬着我们早已满是伤痕的灵魂。

阅书

设若要在小说上有所创造，就需要有非凡的见识和广阔的阅读。阅读并非是在寻找写作的可能，而是在审视其彼岸和对立面。过分迷恋某个作家或者拙劣地仿效其叙述手段都是愚笨的方式。阅读的重要目的是更清晰地认识自己。小说需要阅读的唤醒，需要与伟大的阅读始终保持着联系。

梦境

当我们尾随着小说家的叙述进入那个陌生地带时，会有种做梦一样缥缈而又不真实的感受，它提供给我们新的现实经验，字里行间时不时会显现出文化上的时差，诸多我们知晓却极其陌生的场景会生动地展现在我们面前，记忆随着叙述的推进不断在更新，甚至会激荡出别的神秘感觉。

后记

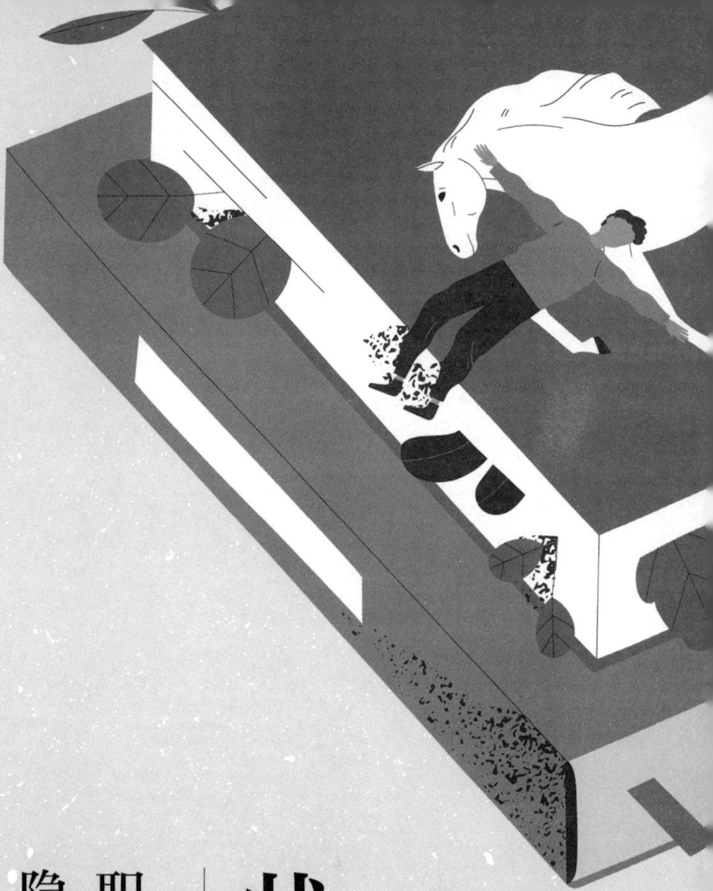

状态

职业心态就是隐藏自我的过程

1

开窗见山，鸟鸣阵阵，白花点点，晨烟若黛。许多年来，生活在拥挤的都市丛林中，终日心境烦躁，黯然神伤，如今转至西译执教，坐拥终南，头枕清流与高山，讲授小说，好不快哉。寓所位于山洼间，高楼阔窗，春光翻腾，深山里总能传来几声不知名的鸟叫，及至傍晚，鸟雀归巢，狗吠连连，如若天上。以前可从未设想会住进这样一个地方。夜晚时分，踏上山路，水声欢快，月牙如钩，两岸传来树枝轻微摇曳的响动，万物静默，连鸟兽都沉入睡梦，借着路灯，尚能看清近处的屋舍，门前菜园里已满铺绿意，乱石丛间，也能看到即要开放的紫色野花。想到未来多年都要身居此地，不禁满心欢喜，远离市井，坐卧山林，是该安下心来多写些文章，争取早日完成这本构思已久的小书。

2

清晨时段，最容易进入一种混沌的写作状态，精神放空，身心松弛，昨夜的梦，依稀还挂着晶莹的露珠。这是不是散文或诗歌写作的最佳时间区域，我并不知晓，但肯定是小说写作的黄金时段，对于多数小说家，晨间写作已经成为一种习惯，当然这也不完全绝对，在长期孤独的写作中，每位小说家都确立了自己的写作习惯。对打算以写小说为志业的青年人来说，确立习惯，至关重要，它逼迫你坐回桌前，无论是清晨还是晚间，都是为了能进入冥想的境地。冥想是一种自我修炼，更是一场孤寂的等待，等待故事在梦呓中发酵成熟，等待人物在夜间同夜莺一起歌唱。尽可能真实地将自己想到的写下来，在这个时刻，不要担心语病或者错字，也不要去修改，珍惜这个时段的自由感，它会带着你笔下的人物抵达深层的潜意识，让你迸发奇思妙想，且不受经验的干扰。

3

学生问我：小说家为什么会有那么多灵感？灵感怎么就降

临不到我的头上呢？谈到灵感问题，他似乎格外沮丧，甚至失却了写作的信心。其实并非是灵感远离了他，而是散漫的写作习惯将灵感拒之门外。据我观察，许多成熟的小说家也常在不同场合强调他们的写作根本不依赖于灵感，因为灵感稍纵即逝，看不见也摸不着，极难抓取，甚至表现出对灵感的厌恶，他们相信是语言的惯性和内部的蓬勃力量在充当写作动力。这当然是一种偏见，没有哪位小说家能够脱离灵感女神的陪伴和庇佑。初学者总在等待灵感的降临，却忽略了至为重要的一点：人一旦被俗世裹挟，就极难进入叙述幻境。灵感是在写作中产生的。坐等灵感的降临，无异于是坐吃山空，立吃地陷。当你建立起规律的写作习惯，并保持一种职业心态，你会发现，灵感并不虚空，而是实实在在存在的。

4

你肯定要问我：如何才能获得并保持职业小说家的心态呢？常会遇到一些有写作天赋的青年人，被其某篇作品的才华所震撼，但他们心里只是将写作当成语言的游戏，和下棋一样，仅看成一种业余的爱好，并没有做过长远的规划。他们都是生活的聪明人，最懂得利害关系。数年后，你会发现这样一个现象，曾让你抱有期待的那些天赋异禀的青年人，早已放弃了写作，而那些不起眼的默默坚持写作的青年人，却仍在文学的海洋里遨游着，并取得了相当不错的成绩。因而我们可以这样总结，写作就像一场马拉松式的长跑运动，职业心态就如坚持写作的习惯，就如同农人一样日日在田间“耕作”的生活常态。保持职业心态，好让我们只享受写作的过程，只关注写作本身，而不必太在乎外界的东西。过于在乎文学奖和评论界的声音，容易让我们迷失自我，止步不前。

5

埃莱娜·费兰特是这个时代最为神秘的小说家了，在“那不勒斯四部曲”出名之前，谁又知道她曾经写过多少作品呢？就是现在，又有几人知晓她的真实身份和身世情况呢？因而我们也可以这样说，职业心态就是匿名写作的状态，就是用语言日复一日地在闹市中隐藏自我的过程。匿名藏身，可令我们不受干扰，确保写作有始有终和它的纯粹性，在长期的艰辛劳作中，我们变得沉稳开阔，心灵上获得了一种绝对的自由，学会了在孤独中拓荒创造，写作也变成了不可缺失的生活细节。我们自然也渴望得到读者的认可，但不再迎合，不再牺牲艺术最可贵的品质。怎样才能保持这种匿名状态呢？向淳朴的农人取经吧，任劳任怨，不计得失，春夏秋冬，季季耕耘。当你像农人一样在纸面上“耕作”时，你便掌握了小说写作的要义。真正进入了匿名的状态，好戏也就开始了。

6

匿名写作还有一个便利之处，这种状态下，你将获得一种对小说亲切的敬畏感，不再受困于艺术创造巨大的压迫，它将以朴素的样态融入你每日辛勤的劳作当中，你会觉得小说写作只是你的工作，并非什么伟大而又崇高的事业，尽管事实上它就是。小说写作无法离开现实，它是琐碎的，也是内部潜藏着火焰的想象艺术，小说家就是语言和故事的忠实信徒，每日都在等待着火焰的喷发。因而也可以说，小说就是一种日常的历史，它是真切的、生动的、蓬勃的，如若我们平常过于在乎小说家的声名，就会对形式、时空、风格等要素产生恐惧感，甚至无法推进手头的作品。外界总期望我们像杂技团里的虎一样，越过一个个悬于高空的火圈，如果我们被胁迫、被套住，便会狼狈不堪，甚或跌入谷底，一蹶不振。匿名写作恰好化解了这种焦虑，它无时无刻不在提醒我们忘掉陀思妥耶夫斯基、卡夫卡、马尔克斯等人，我们现在要做的是回到平和的心境。

7

当然只是暂时忘掉或清空，目的是为了不再畏惧前人的创造，并以谦卑的姿态在高空飞翔，谦卑不意味着低头或妥协，尤其是向当前生活的时代妥协，也不意味着将表达庸俗化，但在眼下，这似乎已经成为一种普遍的流行。富有创造性的写法反被认成异类，曾经的先锋文学似乎已满足了评论家对小说可能性的所有想象，以致才有了过分贬低对小说做出种种探索的行为，这是艺术发展的自然规律，还是当前小说写作的一种悲哀？连同读者和评论家，大家都不知所向，陷入一种时代的整体焦虑当中。压得人几乎难以透过气来。庸俗之作占据着各大图书榜的榜首，人们茶余饭后乐此不疲谈论着、咀嚼着，似在粗制的文学作品里找到了前行的动力，可这动力同书中滥造的词句一样浅薄可笑。因而匿名写作让我们清空焦虑的同时，也让我们远离了恶俗的审美和流行文学。

8

对长篇小说写作，有了职业心态，还远远不够，毕竟它还是一项清苦长久的体力劳作，坐得住尤为关键。坐不住的人，不适合小说写作。坐下来是小说写作的第一步，坐得住是基本功，小说写作如同打仗，面临各种险情，溃败是常有的事情。常常是坐了七八个钟头，却一个字都没有写出来，面对空白文档，心神不安，怒火冲天，但愤怒什么也解决不了，这个时候，唯有耐心等待。等待那向你扑涌而来的第一句话，等待一种节奏感，等待你笔下的人物顺着逼仄的巷道朝你走来。小说写作是与失败为友的艺术，坐下来的时刻里，从平静到动荡，从动荡又复归平静，起起伏伏，磕磕绊绊，在失落中寻找转机，在绝望中获得新生。只有长期伏案写作的人，才能深刻领会小说的艺术，才会对小说这门伟大的学问怀有一颗赤子之心和深深的敬意，才能理解匿名写作的真谛。

9

写小说非得熬夜吗？许多小说家喜欢在夜间开展工作，而这也成为多数读者对小说家生活习惯的一个普遍认知。熬夜几乎已成小说家的一个重要标签。青年小说家在继承这个习惯的同时，普遍悲观，甚至怀有自杀的倾向，之前我就碰到过这样一位青年，他大谈太宰治自杀的艺术，令我惊愕。他还认为生命是虚无的，甚至没有意义，这一点我是不认同的，我并不赞同生命灿烂的毁灭，尤其是在青年阶段。这种毁灭让人感受到一种彻骨的寒冷。无论我们以何种姿态何种形式何种身份何种处境在哪个时段进行写作，均是为虚构找寻最舒适最高效最恰当的表达路径。我一直在有意避免熬夜写作，并且尽量将时间固定在清晨或者傍晚，我感谢自己长期坚守这样的习惯，它让我精力充沛，充满奇思妙想。

10

确立写作上的清规戒律，对职业小说家来说，极其关键。你想想，天天面对电脑多个小时，长期下去，能不疲惫困倦吗？甚至要未老先衰，尤其那些嗜烟酒如命的家伙，他们没日没夜地抽烟，喝起酒来也肆无忌惮，大有种豁出去了的架势。他们听信了旁人的话，觉得这样搞才像个真正的小说家。你要反对，他们就会拿李白、鲁迅等人说事，搞得你反而像个不明事理的门外汉。但我依然要在这里说，当你正在写作长卷作品时，这样做无异于自戕，是在残毁艺术的创造力和可能性，写作期间，你须爱惜身体，尽可能保持身心的纯粹和快活，吃食尽量清淡，宜午休，忌远行。不写作时，可出门踏青，跑步打球，读书静坐，田间观鸟放风筝。人的精力是有限的，如果想在写小说这件事上干出点名堂，就得和学唱戏的学徒一样，严于律己，戒除杂念，日日操练技艺。

11

长期写作，若不能排解心头淤积的苦闷，难免心力交瘁。写作课上，我总会建议学生去发展写作以外的业余爱好，比如下棋、跑步、爬山，希望他们走出书斋，拥抱生活和山川，重新捡拾起对生活的那份热爱，让疲惫的心松弛下来。当你漫步在灌木丛生的山谷里，被远处传来的杜鹃声包围时，你会明白写作所有的要义和活着的意义。不管怎样，都该培养一个爱好，以排遣写作过程中所面临的重压。对我而言，写小说是我打发时光最好的办法，平日感到空虚时，就会不由自主地打开电脑写点东西，但写作之外，我将更多的时间献给了篮球。有时当我站在篮球场里，看着被夕阳拉长的身影和远处的群山，会深深地迷醉在大汗淋漓后的松弛里，那个时候，篮球超越了小说，成为我唯一的信仰。每到暑假，我几乎天天都会去打上两三个小时的篮球，以度过漫长的夏日时光。

12

促使小说家写作的往往不是完整的故事，而是一些模糊的场景、故事碎片和不连续的梦境，它们是混沌的，没有秩序的。当你面对文档或稿纸，眼前浮现出熟悉的人和地点，你便开始穿越记忆，进入辽阔的梦境。浓烈而又感伤的情绪开始包围住你，你根本无法抽身出来，唯一能做的就是顺着记忆之河，将故事完整地写下来。可小说仅仅只是还原这些场景、碎片和梦境吗？如果艺术仅仅只是还原的话，那画家、音乐家和小说家恐怕都得失业。起初我们只是顺着感觉往下写，如黄河奔流，泥沙俱下，有绵密的思绪，有大量的细节，可当记忆的潮水退去后，我们就得坐下来，寻找小说的主线。主线可不是故事梗概。有的人总把小说写得就像故事梗概或大纲，这是格外荒唐的。再好的词句、场景和情节，如果它和小说主线毫无关系，那就莫要犹豫，咬牙删掉就是。

13

随身携带一个笔记本，以便录下那些令你兴奋的念头，可能是早已消逝在记忆深处的某个人，可能是一个鬼魅的瞬间，也可能是一些杂乱的对话、特写、镜头或生活碎片。在尚未与你的叙述产生化学反应之前，它们可能是无效的，可在你漫长的写作生涯里，你没有办法逃脱它们对你的影响，当你写作处于最迷茫最无望的境地时，重新翻阅这些平日的记述，或许会让你重新受到启发，重获写作动力。将它们笼统地定义为灵感，并不准确，因为其中夹杂着诸多你对生活的印象，以及对于细节最为感性的描述。看似凌乱的一堆碎片，背后却直接指向你的生活经验。多年前我对这种做法充满了敌意，认为这是愚蠢的办法，可当我读完加缪的三卷本手札后，不禁对我以前的偏见心生鄙夷。掩藏在生活底部的暗流完全可以汇聚为一片浩瀚无垠的汪洋，甚至比虚构更为驳杂宽广。

14

为什么偏偏要去写小说呢？干点务实的事情不行吗？在许多人的眼里，小说家就是空想家，一个不切实际的务虚职业。事实确是如此，小说家自私地生活在梦境深处，总是将目光对准在虚无缥缈的童话般的废墟上，他站在黄叶纷飞的原野上，独自面对月亮，让自然的野性力量顺着指尖流淌进心田。但在小说家的眼里这些虚幻事物要比现实问题要紧得多。人们更多的只是关注时代的现实感，小说家却试图揭开现实世界某些无法表现的部分，无法界定的部分，迷幻而又性灵的部分，小说家并不在乎读者是否会为他的文字而悲伤或愉悦，他只是在真实地注视自己的脸庞。福楼拜曾在信笺中直言：我的目光，凝视发霉的灵魂上长出的苔藓。当你习惯了长时间地坐在电脑面前打字，就不会再对这件事情感到厌倦，相反会有种痴迷的感觉，而这正是小说家的日常生活图景。

15

据我对创意写作专业学生的观察，致使许多年轻人放弃写作之念的并非是现实方面的打击，更多的其实是难以克服的心理障碍。被杂志退稿等因素并不能打击到他们，偶尔的退稿信相反会使他们信心倍增，毕竟在学校阶段，他们并没想着要去当一名知名作家，或者非要写出一本畅销书出来。那最终为何又放弃了呢？是因为写作这条路难走吗？是无数的经典作品吓到他们了吗？均不是，而是内心深处对写作的迷茫感在扰乱他们，有时他们会突然变得现实起来，认为写作并不能给自己带来光明的前途。有了这样的念头，写作就会变得极度艰难，许多不该考虑的问题也会变成当下的阻力来干扰自己。喜欢写作的年轻人本来就很敏感，容易对写作产生质疑，假如得不到一丁点的鼓励，还被身边人嗤之以鼻或者讥讽的话，就会陷入沮丧和挫败的情绪里，直至放弃。

16

如果你很快就放弃了写作，说明你对语言还不够热爱。尽力让自己沉浸在奇崛而又浪漫的叙述迷宫里，获得宁静的心态，享受表达的快乐，是摆脱写作困境的最佳办法。像少年热爱捉迷藏一样热爱你的写作，保持乐观的心态和孩童般清澈的目光。杰出的小说家总是数十年如一日地在反复的失败或试错当中积累经验和语感，并乐此不疲地寻找属于自己的写作资源，他们并不相信所谓的天才，天赋和灵感往往可以通过后天的训练得到改善。太过现实的人做不了小说家，小说家是喜欢将白日梦转化为现实的人，是现实之外的幻想家，总是能够用天真的眼光打量这个复杂多变的世界，换句话说，他的内心深处永远住着一个喜欢冒险和想象的少年。老舍、纳博科夫和晚年的托尔斯泰均是如此，像贪玩的少年一样较真，沉浸在漫无边际的童趣里，有时也会莫名其妙地发脾气。

17

总会陷入意想不到的困境当中，尤其是长篇小说写作，某个阶段，突然就质疑起前期所有的叙述。试图全盘推翻，却又万般不舍。《抒情时代》我就写了两遍，在快要写完的时候，心生失望，便删掉重写了一次，但现在我不会再这样干了，那般的煎熬我可不愿再去经受一回。独自坐在幽暗的书房，灯光在墙壁上映照出许多奇怪的光影，寂静的心跳声，伴着窗外细瘦的上弦月，一同倾听心中遥远的往事，曾在语言里尽情疯狂，也曾为某个人物伤心落泪。但现在，面对文档里密密麻麻的文字，如临深渊，心神忐忑，总觉得哪里好像不对劲。为何会产生这种想法呢？究其原因，还是虚荣心在作祟，担心会让读者失望，也担心评论家会指责这般小我的写作，太过琐碎日常，没有大的气象。我现在就身处这样一个阶段，窘迫焦灼，但要完全抛却这些念头是该何等艰难呀。

18

小说家在我心中是个神圣的称谓，并非每一个写小说的作者都能称得上小说家。真正的小说家看似闲散之人，却时时刻刻在观察着这个世界，分分秒秒在想象着虚构小说中的某个情节。时不时地，他会为一句美妙的话语陷入癫狂。旁人根本无法理解他的这种心情，也极难靠近他的灵魂，因为在他的心里，有一块属于自己的地方，有一方安置自己心灵的空间。他常常会不由自主地踏入这个空间里，聆听上苍的旨意，叙述命运的悲情，直至一篇小说诞生。他从来不会去和旁人分享他的心境，而是一个人在寂静的夜间，面对星空与苍天，独自享受这份甜美的感觉。他想，翻过了这座大山，后面还有绵延不绝的山脉，他不能停呀，对于他，停下了就意味着倒退，意味着死亡。于是，他捡起自己的行囊，又朝着天地相接处的方向走去，尽管他走得很疲惫，但他着实很快乐。

19

小说是一门语言的艺术，优秀的小说家都在摆脱旧有的惯性，创造着新的语言。不仅仅是生活在变，就连语言自身也在变化着，它在适应着我们的心灵、声音、嗅觉、良善、道德，以及那份虚无缥缈的幻想。创造新的语言，也就意味着创造新的思想和新的写法。人们往往相信面前的现实，但大多时候，虚构总比现实显得更为真实，更接近人性的本质。当小说家沉浸在虚构世界里面时，就会忘却外界所有的景物和杂音，甚至连自己也忘得干干净净。他面对的只有他虚构的人物，以及表达本身。每位小说家都渴望在笔下抵达那个虚构的世界，以求同现实世界达成和解。昆德拉在《小说的艺术》里，认同了福楼拜的说法：小说家是一位希望消失在他的作品后面的人。消失在自己作品的后面，就意味着写作的旨意来自神灵，或者来自那些难以被常人捕捉的思想。

20

他从没想着用小说去讨好谁，在他看来，只有技法拙劣又渴望名誉的人才会那样干。他厌恶聚光灯和流行元素，厌恶阿谀奉承的小说家，为了得到眼前的利益他们不惜牺牲掉艺术的操守和贞洁，甚至奉命写作，伪造现实，杜撰谎言。且这样的小说家越来越多，他们的不断出现，显得他格格不入，荒诞不经。他厌恶媒体和花边新闻，媒体极少去关注那些真正意义上的小说家，很少宣传有阅读价值和品位的作品，他们总是将焦点对准名家，哪怕名家的作品是如何平庸，他们并不在乎作品本身。在他看来，长期被媒体宠爱，实则是件危险的事情，需保持警惕和清醒的头脑。他希望自己被外界忘记或轻视，某种意义上，将福楼拜和包法利夫人放在一起，福楼拜也显得并不那么重要，甚至可以忽略。他宁愿他的小说就像赫索格写下的那些信一样，不曾寄出，也不曾被阅读。

21

空白文档对我有着天然的引力，它迫使我逃离世俗生活，抛却浮躁心和闲思杂念，以尽快回归到虚构的节奏中。脑海中的人物还在等着我，尽管他的形象尚不清晰，当我敲下第一句话的时候，我看着他正朝着我渐渐走来。有时候我觉得他其实就是我自己，一个懦弱的我，谎话连篇的我，数次尝试自尽的我，春光下面露清澈笑容的我，他并不存在，却隐藏在我的身体角落里。我能感知到他心脏跳动时的节奏感和美妙的韵律，他总是哭丧着脸，一副苦大仇深的模样，没有谁愿意跟他来往，看待自然万物他也不像梭罗那般理性从容。我无时无刻不盼望能将他展现在小说里，但面对他那冷峻憔悴的脸庞，我深感自责，总是难以描述出他内心深处的焦虑，这都是我自己的问题。他在我的文档里高声讲话，对着梧桐树沉吟不已，笑意在一点一点消逝。语言如碎石和瓦砾。

22

观察并不覆盖现实的全部，应建立在为叙述提供动力的基础上，懂得如何将视线聚焦在局部。我们常常会忽略对细节的关注，而总是将重心搁在对民族性与时代变迁的体察上，我们骨子里都有着对宏大叙述的盲目渴求，总认为小说是想象的艺术行为，却忘却了所谓的想象力实则是来自对以往生活的记忆。记忆和细节有关，脑海里装有万千细节的人，往往最有可能成为小说家，对细节逼真的观察，决定着想象力的边界。小说是借助幻想抵达未来的行为，更是揭示生活真相的艺术。村上春树在《我的职业是小说家》里直言：假如你立志写小说，就请细心环顾四周。这句话的深层含义其实是告诫诸位要将视线对准外围的细节，且尽可能是与自己重叠的部分，只关注自我或者同自我关系不大的，并不足以建立起庞大的故事体系，更不足以支撑意义复杂的叙述可能。

23

写你所知，其实是句看似没有破绽的废话，几乎每位写作导师都会将它当作格言告诉给学生。尽管语气咄咄逼人，但它并没有说错什么，甚至很难找到反驳的理由。它背后指向一个信号：写你所熟知的，最好是亲身经见过的。这当然没有错，但问题是人人都有别开生面的人生，但为何就没有成为小说家呢？它其实从根本上忽略了个性的视角和独到的见解，表面上，小说家似乎都在选择自己熟悉的素材，可在具体的写作中，实则更多是通过熟谙的生活场景去捕捉陌生的情感，是以你所知发现你所不知。若只是去写你所知，还未写几页，你就会感到厌倦，那些逼真的人事会让你失去写作动力，因为你太过了解它们。比起写你熟悉的，你更应去关注被你长期忽略或遗忘的，尚未体察过的。若要想当小说家，先得学会质疑。对别人有效的金规铁律，未必会对你奏效。

24

我们虚构，我们创造，我们沉浸在星辰的孤独中，全然出自我们的真情，以及对未来或过往的想象。每当我感到生命虚无的时刻，是小说和语言带我逃离人间，带我腾飞于云层之上或另一个寂静的世界。今天的小说实践中，我们过分依赖大地，长期匍匐在泥泞的沼泽地里，以致忘却了小说是飞翔的艺术，是腾云驾雾的艺术，好小说让生命燃烧，让读者在故事中尽情地哭泣或大笑，以翻越让我们感到沮丧的生活，小说就是带着我们和人物一起去冒险，一起到危险地带寻找遗失的光色和美。过去我读过大量的当代小说，可到了今日，我发现我更喜爱年代久远的小说，书中的人物似乎更贴近我的内心，瞬间就能将我的热情点燃，将我沉睡已久的灵感唤醒。我跟随小说人物一同经历无尽的苦痛，一同心怀虚无之梦，一同流着幸福的爱情的泪水，一同与情人在夜空下饮醉高歌，一同过着失魂落魄的日子，我常常会将自己想象成堂吉诃德和于连。

25

我们也不知晓我们的读者会是哪些人。假若我们了解这个群体，就会不自觉地为他们舍弃某些高尚的品质，就会丧失用小说进行艺术实验的勇气。伟大的小说都是在进行一场孤独的冒险，进行最为大胆的实验，哪怕它无人问津，没有读者。它可能写法怪诞，情节冗长，甚至结构另类，缺乏细节，但却标明了小说家崭新的艺术见解，它早已不再是街谈巷议的小玩意儿，更不是弥漫着烟火味的三流故事，它是艺术品，是山谷里无人赏玩的野花，是荒野上空的晚霞，是阴郁的美。不要试图在人声鼎沸中寻找美，更不要妄图在吵吵闹闹的文学圈里发现创造空前的艺术小说。无论我们天性平庸或卓越，也无论我们已经写出了多少备受关注或冷落的小说，都应该留下一部晦涩之作，疯狂之作，都应该在小说中有一次离经叛道的行径，这不仅仅关乎风格，更关乎小说的道德。

26

风在山谷里走了一夜，听不到鸟鸣，窗外传来杨树叶哗哗响动的声音，宛如鼓点在清晰地跳跃。我常在山野行走，我对风声、鸟鸣和山谷里的一草一木都有着炽热的情感，每当写不下去，心情沉郁之时，我就往荒野里跑，一个人躺在辽阔的草地上，瞭望天边的云霞，倾听大地的心跳。身体里睡眠已久的梦忽然就苏醒了，仿佛长出了许多嫩绿的芽儿，我总会到夜晚来临时才赶回来，站在山里的高点，眺望远处灿烂的云霞，那是一生中最幸福的时刻。我常被那些无人注意的野花感动，甚至落泪，山野里每天都在发生着残酷的事情，小小的花朵在石头的注视下渐渐凋落，我有时会将写到一半的稿件带到密林深处，让语言也呼吸一些山谷里的气，我希望我的小说能获得一种野性，北方山谷里独有的野性。我把肚子里的故事讲给石头和草木听，那是我小说的另一种形式。

27

如果真正热爱小说的话，那就做一名小说的信徒吧，在漫长而又艰辛的岁月里，学会与现实和谐相处，学会用虚构的方式表达见解与愤怒，甚至不断地去重复自己。评论家常常责备小说家在写法和选材上的自我重复，但他们并不清楚艺术的核心就是在用重复抵达不重复，用模糊抵达逼真。小说的本质永远是在描述爱、黑暗、死亡以及我们的来路，数千年来，小说家都在试图用独特的方式为我们揭开神秘的面纱，我们在语言中迷醉、沉沦、疯狂、惊呼，无论是身处哪个维度，我们都是被同一种物质所打动。因而对于小说而言，并不存在绝对的创造。某种意义上，重复是为了抵达永恒，是为了在同一件事物上寻找到更多的可能，尤其对于小说的形式感来说，这一点无比重要。重复自己并不可耻，尤其是对某个主题的深入开掘，或许穷尽你一生的精力也不够。

28

心平气和，保持宁静，活在虚构的平凡里，不再对未来抱有任何幻想，不被虚无的功名搅扰，当你获得这样的心境，你就会真正地感受到极致的快乐。许多人误入歧途，或者轰轰烈烈地大干三年又很快放弃，都是因为太在乎眼前或者未来的名声。之所以多次谈到这个话题，是因为小说家可不像别的职业，要提升学历、疏通关系，也不需要紧跟前沿、走得太快，它更需要踏入一种超凡入圣的忘世境界，全身心地投入工作当中。过于在乎名利的人，试图用升官发财以改变命运的人，都不适合从事写小说这项寂寞的工作，尽管已经有许多小说家通过写作改变了命运，可这也说明不了什么。小说就是小说家最大的声音，小说家别想着去当这个时代的发声人，事实证明，小说家根本干不了这些事。

29

坚持不懈地观察、练习、修改，必然能获取些许心得，但未必能让小说变得更出色。有的作者写了一辈子，但大多千篇一律，很少有突破自我的创造性，什么原因呢？依我看，是因为他过于相信经验的力量，过于沉醉以往丰富的生活阅历，在他的眼里，小说家不可能超越自己的经验来写作，小说家最大的财富就是自己真实的生活经验。这其实是在认识上对小说进行禁锢，小说并没有边界，若以经验为界限，小说就会被狭隘化，受到种种外在的制约。经验也可以是漫无边际的想象，如同深邃不见边地的宇宙，我们生活在日常的经验当中，也生活在浩瀚无垠的幻想当中。换句话说，想象就是经验的边界，从始至终，小说都不曾有什么边界，它不像绘画和摄影，当你完整地学习了诸多经典性的技术，就可以像前人一样创造出经典作品。而这正是小说写作的难度所在。

30

保留自己的偏见、缺点和地域性，是至关重要的。小说家不是道德家或评论家，并不需要做世人眼中的楷模，也不需要德才兼备和广阔的胸怀，能容忍万事万物。小说家更需要个性，更需要保留身上狭隘的一面，更需要忍耐力和敏锐的捕捉能力，今天我们的写作生态存在这样或那样的问题，初学者作品若是太关注乡村生活或带有浓郁的地域性，就会被评论界和读者嘲讽过于土气。我的写作就有明显的地域性，没有办法，我无法逃避这块地方对我的影响，但我希望读者能看到我在叙述上的叛逆。我是一个随时把童年记忆携带在身上的人，童年记忆为我提供了一个审视现实的参考体系，包括过往的、当下的、未来的、城市的、乡村的、历史的，在今天写作，谁都无法逃离它们。我写过许多的乡下边缘人物，我希望能用虚构的方式记录下那些卑微的人物和卑微的灵魂。

31

有个性、见解和洞察力，不代表小说家就高人一等，常会遇到一些大师作派的先生，语气咄咄逼人，对别人满不在乎的样子，假若我们成为这种人，恐怕就比较危险了，因为一旦失去了作为一名普通人对生活敏锐的判断，就很难耐心进入他者的世界。写小说的人，不过是词句的掌控者，懂得一些叙述的法则，得俯下身子，倾听故事，从写作起，我们就像踏入丛林里的探险者一样，追寻真理和真正的小说艺术，可穷尽一生，当我们写了数百万字或者上千万字，又能留下几部或者几篇作品流传后世呢？在艺术面前，我们要昂首挺胸，尽情感受，全身心地描绘生活的灿烂，可在生活面前，我们不得不学会谦卑，不得不放下身段，用悲悯和慈爱表现真实的价值和人性。谁在生活面前高高在上，或者说谁在生活面前骄傲自大、沾沾自喜，谁就最有可能被生活摔得很惨。

32

别指望写小说给你带来钱财，尤其是在初期阶段，就算按照小说家一生的跨度来看，也未必能赚到多少。甚至不仅没有赚到，还要超乎寻常的清贫，所以我奉劝那些渴望升官发财的青年人最好不要踏入小说领域，它极有可能会毁掉你的人生。选择了写小说，也就意味着接受了未来随时可能降临在你头顶上的风险，有可能你的小说出版后，引起轰动，被接连加印，让你赚得盆满钵满，成为无数青年写作者心中的偶像，但也有可能无人问津，在市场上激不起丝毫的波澜。所有的结果，在你选择了写小说之后，都应该毫无保留地接受。写作中，你还要承受远离家人的痛苦，每天读书、写作、修改、思考、幻想，这都让你与世俗生活很难和谐相处，难免有时同家人发生争吵。可没人能够理解你，没人能看到你在写作中承受的巨大压力，而这都是你要面对的日常。

33

你会感到同生活格格不入，尤其当你刚创作完一篇得意之作后，声调或脸颊上跳动着快乐的音符，却无人能够分享你的喜悦，朋友们会觉得你表现得过于夸张，在心里视你为傻瓜，远离你，更怕他们的人生故事被你写进小说里。他们从不相信虚构的力量，认为虚构就是骗人的把戏，他们敬重自然科学，视文学和哲学为无用的东西。当你发表关于爱情、生命、政治和历史的观点时，总能引起他们的愤怒，他们会联合起来批评你、审判你，好达到修正你的意图。你不那么规律的作息习惯也会让他们讥讽你，总会不遗余力地给你讲一些英年早逝的作家故事，他们想试探试探你的反应，好达到为你指导人生的目的，他们其实也没有什么坏心眼，但这一切都让你感到厌恶。怎么办？最好隔一段日子能够外出几个礼拜，长期处于那种环境里，人要么堕落，要么会疯掉。

34

和演说家不同，小说家并不直面读者。写作是私人的艺术，从本质上讲，它背离读者，只面向自我。写作的过程，小说家看不到读者的表情和肢体语言，感受不到读者的心跳，读者是虚无的，游离于语言之外，只在另一个空间里隐隐存在着。语言往往也会消解许多真实的存在，它具有强烈的欺骗性，读者阅读到小说时，心头浮现的也只是一个想象出来的假想作者，并非小说家本人。这也就决定了小说家与读者之间的关系，并非是互相服务或利用的关系。小说家写自己想写的故事，读者选择自己感兴趣的小说。演说家在讲演时，直面观众，能够看到他们的表情、神态和一举一动，在接受了这些信号后，他会尽可能地朝着观众们所期待的那个方向行进，好让互振的频率达到顶点。如果小说家也这样做，取悦他的读者，他就会失去许多珍贵的远见，就会变得万分俗气，小说家是慢悠悠地跟在时代后头的人，他不需要也不期待读者能够理解他。

35

作品出版后，就要接受读者的检阅，难免被人说三道四，甚至会听到些刺耳的声音，几句话就将你长期劳作的成果给否定了，我想任何一个诚恳对待写作的小说家，听到这些话，都会万分沮丧。有几人能够理解你新的尝试呢？尤其是对于一些保守派而言，探索就意味着偏离了他们心中伟大的文学传统，于是就会不留情面地指责你。这种情况下，你需要尽快调整好心态，你心里要明白，现在阅读你作品的读者只是一小部分的群体，随着时间的流淌，未来还会有更多的陌生读者去阅读你的作品，说不定就会遇到真正洞察你文本价值的理想读者，使得你的作品再次焕发光彩。当然也有可能陷入沉寂，再也没有人愿意阅读，从此销声匿迹，不再有人提起。人有人的命运，作品一样，也有它的命运。再伟大的小说家，能被读者广泛记住的，恐怕也只有寥寥几本或一本罢了。

36

大志未成，怀才不遇，却浮白载笔，孤愤著书，终成千古绝唱，正是蒲松龄一生的写照。若蒲松龄当年乡试中举，今天我们还能看到《聊斋志异》吗？小说家的内心似乎总是盘绕着愤懑的情绪和沮丧之感，他瑟缩在生活角落，观望着热闹的人世，默然不语，待到那潮湿的情绪像浓雾一样罩得自己几难喘息时，方才捉笔作文，“嗟乎！惊霜寒雀，抱树无温；吊月秋虫，偎阑自热。知我者，其在青林黑塞间乎！”蒲松龄的这句自嘲，绝望悲愤，孤寂寒冷，令人黯然神伤，欲哭无泪，他道出一名小说家的真实状态。当你处于创作状态，其实明白所录文字均为虚妄之言，并不能奢求谁能真正理解你的处境，你和现实生活的关系永远是紧张的，心也无法松弛，你嗅到了别人尚未嗅到的气息，你感知到了别人不曾感知到的变化，你身处彩虹的顶端，你是绚烂的，更是孤独的。

37

写作就是我的命，我从未想着要放弃它。写作是为了证明自己还活着，还能感知到生命的热情，一旦被什么事情搅扰得无法写作，就会焦虑或抑郁。毕业至今，为拥有好的写作环境，我换了好几份工作，现在我应该感谢自己以前为写作而做出的所有决定。今天谁都背负着难以承受的生活巨压，在迷醉的梦境里深感孤独，只有在午夜的城市街头偶尔喘息几声，设若我也成为洪流中的一员，那我宁愿结束自己的性命。我苦苦求索，像一个赤身裸体的孩子一样在黑夜深处寻找火把，甚至做过许多令人不齿的事情，只为能保持少年般的激情和对陌生事物的兴奋感，要知道，写作的天敌就是失去了直觉上的兴奋感。没有了兴奋感，就没有了新的感受，就失去了用语言表达一切的欲望，心灵很快就会枯竭了。而保持这种兴奋感最好的办法，就是从浅薄的生活里脱身出来。

38

写完小说，心里空空，海鸥从想象的悬崖边上飞过，我孤坐于海滩，听着鱼群诉说着昨日的忧伤故事，篝火从玫瑰上滚过，爱人正从远方盛大的夕阳下渐渐现身，笑容是在海浪上飞翔的蝴蝶，让小说家微微摇晃。他漫步海边，海浪在轻轻拍打着他的脚步，许多往事和笔下的人物一一浮现，渔民在远处的渔船上呐喊着什么，仿佛死亡正在靠近，乐声脆亮，天蓝得比海水还要澄澈，附近的海石如同千年老龟一样安宁地卧着。他朝着远方看去，他也不知道自己在看什么，或者说想发现什么。静谧的海湾，只有风在微微吹拂，他喝着甜腻的稠酒，将快乐和悲伤一齐咽进肚里。写完小说，仿佛大梦一场，秋光闪烁，红叶翩跹，将自己在海水中浸泡了一次，又晾在海滩上拧干，直到最后完全风干。写小说就是从死亡到苏醒再到风干和死亡的过程，就是在挤压孤独的灵魂。

39

会有许多新奇的感受从天而降，穿越茫茫秦岭，让我感到写小说就像同一位从未见过的少女恋爱。她是我虚构出来的人物，从遥远的斗兽时代骑马而来，她的笑容落在纸上，就会激起灌满了的阳光的水花，她用红叶遮着娇羞的脸，从不敢看我一眼，她是神秘的精灵，又是爱情的象征。我喜欢她坐在石头上的宁静时刻，喜欢她骑在马背上微微摇晃的身影，喜欢她在落日余晖下热烈的舞姿，喜欢她哭泣时黑发上抖动的悲伤，她让我魂飞魄散，夜不能寐。只有在写作的时候才能感受到她，只有当我和笔下的人物完全重叠时，才能暗暗看到她的身姿，她是多么娇羞的存在呀，她坐在被雪花覆盖的城门下朝着远方眺望，斜靠着电线杆织毛衣，她有时也会走上前亲吻我的双眸，但我依然无法看清她。她创造了我的写作，创造了新的道德，更在细语中指示我不要步入虚无。

40

成为一名小说家，毫无疑问是艰难的，当你面对稿纸或电脑，面对浩如烟海的传世经典，面对数不清的杰出同行，要完全摆脱影响的焦虑而创出一片新天地的确是让人胆战心惊的挑战。你如同一位掉队的士兵，陷入困境，独自面临死亡的危险，什么样的胆魄才能让你如赵云一样从绝境中杀出重重围剿？许多人将小说家的职业看得过于简单，从本质上讲，若要用小说来成就一番光辉伟岸的事业，就必须孤注一掷，给自己不留任何的退路，你必须要有常人所不能具备的毅力和勇气，默默无闻写作一生，即便如此，你也未必就能大展宏图，得到世俗意义上的成功，被万千读者记住。小说家一生都和自己过不去，与命运死磕，无论身处何地年龄几何，他从不敢骄傲自大，扬扬得意，他感激由他创造的每一个人物和现实中的人群，且始终保持着学徒般纯粹的心态。

41

写作是在说话，不过是在纸上说话，在沉默中说话，它和说话又不一样。有人会问，为什么非要写呢？说不出来就不行吗？看起来二者似乎很相似，但仔细去想，其实东西各向，差别很大。说话是直面读者，说出来的未必就是经过思考的，未必就是想说的或想好了的，说出来，就不能收回去了，正如嫁出去的女儿泼出去的水。说话也是随意的，想怎么说，就怎么说，它的意思明了，听者只要不走神，就能明白说话的人在说些什么。说出来的话，并不具备多义性。写作就不同了，写得不满意，或者没有把想写的写明白，还可以重写，可以进行多番修改，在不同的语境下，不同的词句，有着不同的复杂的含义，和说话不同，它的背后总是映射着什么，总在暗喻着什么，总在传递着语言之外的东西。说话是带情绪的，写作尽管也会，但它更多是面向心灵的沉思或忏悔。

42

写多了，就会写好了。每天都要写上一点，至少可以保持一种语言惯性和思考的锐利。写久了，就不仅是大脑在思考，连身体也会参与进你的想象，成为聆听你内心声音的耳朵。越写就会越想写，被一种神力推动着，拉扯着，死死地捆绑着，你不再是你，你变成了一棵长在悬崖边上的树，一只山羊，一片辽阔的荒野，你会看到以前从不曾看到过的风景。越写也会越羞涩，越不爱热闹，甚至厌倦了在人多处讲话，甚或说话本身。越写你也会越孤独，会感到自己在这个世界上没有一个真正的朋友，你独行天下，叩问苍天，愈加茫然。越写你也会走向无穷的极限，甚至记不起自己是谁，昨日就像一场黄昏时刻的梦，轻飘飘的，消逝在你的身影后头，一种空虚感在撕扯着你，叫你不要写了，叫你烧了稿纸，毁了写下的文字，你毫不难过。可你依然在写着，在听着。

43

可以有成名成家的欲望，但最好不要有获奖的欲望，它容易让你深陷谎言的泥潭，任何的奖项，其实都是一种骗术，让你觉得写作并不神秘艰难，好像就那回事儿似的。专注写的过程和你的手艺，比什么都要紧得多。不要太过在乎以往的作品和荣耀，想尽一切办法忘记它们，为自己设立新的难度和更大的标杆，好在后头的写作中不断去超越，去创造更接近于你构思的完美作品。没有杂念，心态就会平和，也就写得慢了，尽力将作品中的残缺弥补了，就能每天在山林里安静地感受自然之美了，也就不会写得那么仓促了。当然每一位小说家都渴望获得奖项，但问题是当下的奖项太多了，太鱼龙混杂了，过度迷恋，除了让自己变得庸俗或浮躁之外，还能得到什么呢？任何奖项，说白了，都是圈子，只是大小不同罢了。小说家一旦混起了圈子，还能指望他写出好东西吗？

44

要么赞美，要么哭泣，要么在语言中死去。你们现在的阶段，得有点儿踢馆的勇气，挑战流行的写法，挑战已被认定为经典的写法，哪怕跌跌撞撞，摇摇晃晃，漏洞百出，至少说明了你们在努力发现着一种新的可能性，尽管或许它并不存在。相比四平八稳的或刻意掩饰羞涩的写法，我更期待你们能够这样去做，用网上的语言讲，去碰瓷前人的实验，碰瓷那些内在浅薄却故作深沉的笔法，将你最想说的最渴望表达的勇敢地表现出来，哪怕它尚且幼稚。只要真诚，幼稚也是对的，也是好的。最怕的就是拿起笔，就装作大师姿态，二十多岁的年龄，却说着六十岁以后才说的话，满嘴的油腔滑调，看不见年轻人的锋利，要是这样，写作就是失败的，也无可救药。不要害怕在作品里展示遗憾，遗憾也是艺术的重要部分，持之以恒地写下去，说不定遗憾就会在未来成就了你。

45

写了许多年依然得不到关注，甚至连以前喜欢你的读者也都远离了你，如果这让你深陷绝望的话，那就去做别的事情吧，暂时先不要写了。这是真心话，并非在取笑你。我不希望写作毁了你的生活，没有了写作，你照样可以活出自己的色彩，照样可以像一名小说家一样消磨日头。如果沮丧的结果无法挫败你，如果你能忍受并且坦然接受，如果你还不为生活发愁的话，那就接着写吧。这也是我的真心话，并非是在开玩笑。严肃写作很难挣到钱的，无论稿费怎么涨，如果你只靠它来养活自己，那你注定贫寒一生。如果写作是你逃避现实的唯一出口，如果一天不写你就感觉浑身不自在，那你就写吧，不要再担忧后果了，像条汉子一样去在写作中勇敢地战斗吧，与堕落的人心战斗，与光明深处的黑战斗，与时刻在吞噬你的生活战斗，与贫寒战斗，与文明的压抑战斗。

46

寂静倾诉，冷冷啜泣。写作是在放血，放作家殷红的鲜血，放血的同时，又不得不去舔食它。寒夜里放自己的血，放月亮的血。放出来的血是热的，舔食过后是凉的。骨骼里弥漫着白雾，周身升腾起死亡般的肃穆，你看不见原野，看不见飘飞的雪花，在树枝上挂着你的幻影，你只能看得到你啊。彳亍独行，凄清惆怅，如醉酒者，众人皆醒你独醉，众人醉时你独醒，你永远在远远地观望，当人们看不见希望时，你穿过寒夜，为人们送上希望，送上灯火，当人们惶惑不安不知所措时，你抱着人们枯萎的灵魂暗暗哭泣，你不是什么救世主，你也救不了任何人，你只是在用你的血暖化别人。你根本不在乎谁会不会领你的情，使命感让你心甘情愿地放血，放血浇灌花园里的玫瑰，浇灌林立的高楼，浇灌水中即将死去的鱼群，就算只剩下一滴血，你也会想尽办法放出来的。

47

太喧嚣了，吵吵闹闹的，到处都是声音。人们陷在名利的可笑圈套里，可怜兮兮，却不愿自拔。我多么希望语言能够将我彻底掩埋，任谁也无法找见，短暂的寂静也能叫我轻松一阵呀！今年我三十岁，断断续续写了十年了，时常坐在梧桐树下想，这辈子会不会一事无成呀？转念一想，又为这种想法感到羞耻，难道写作就是为了人们眼中的成功吗？那样的话，我非得朝着自己的脸上吐口水。可我也不是什么圣人，看到别人谈论自己出版的小说时，还是会感到高兴，无论是赞美还是贬低，毕竟是被一大群人看到了。看到了，就是好的，没看到的，就在夜晚的洞穴里向着月亮咆哮吧。唉，就这么吊儿郎当地写下去吧，每当有放弃写作的念头时，想到那么多哗众取宠的人还在写作，还在招摇，就不由得变得信心满满了。写到死也得写呀！夜莺的幸福就是夜里啼血而歌呀！

48

心烦意乱，对生活一阵恐惧，心在颤栗。索性披上棉衣跑到山里去，秋色将山脊染成了深蓝色，我跳进草丛间，像狼一样长啸，暮色间，能听到山林的心跳声。不想写作，失去了灵感，对现状失望透顶，对语言充满怀疑，不愿同人过多说话，我这是怎么了。一段时间以来，我浑浑噩噩，心情低落，神魂颠倒，半夜时分会起身朗读川端康成的文章给窗外的猫头鹰听，独自打坐，听秋水湍急的声响，有时甚至不清楚自己是在厌恶什么，又喜好着什么。在深山里，看秋叶缓缓凋落在碎石间，芒草宛若海浪一样涌动，在阳光里熠熠生辉，尽管说，这半年来我一篇小说也没写，但似乎对小说又有了新的认识。寒意渐深，走在山间，竟有种“登山则情满于山，观海则意溢于海”的感受，这段时日，或许是秋山在为我疗伤，在照亮我的心头的黑。等到了冬上，可要好好写呀！

49

最终还是默然自语，忍受以往不能忍受的，背负以往背负不了的，最终的选择还是：朝闻道，夕可死矣。最终还是会败给自己，败给时间、历史和自然，最终会觉得写作是无望的选择，是痛楚的疗伤，是梦里的慰藉。不能解决什么，亦不能改变什么，写作就是说话，就是再现，就是想象，就是创造一种精神，创造一种现实，创造一种崭新的美。及时从生活旋涡里逃离，保持创造的饥饿感，保持激情和期待，窘迫的生活处境会将人拉进泥潭，透支体力和沸腾的心，写作是在钢丝上行走，需要欲望和反叛的心，是一种野心勃勃的状态，四平八稳，毫无疑虑，只会走向平庸。平庸就意味着死亡。写作是在燃烧灵魂，使失意者重获勇气，使无望者觉醒，使英雄怀念寂寂的过往，使小人在真理前无地自容，使恶魔流泪，使孤独者愈加孤独，使精神璀璨，使道德土崩瓦解。

50

孩提时在村街上，常见到打毛衣的年轻妇人，三五个围站在秋阳下，张家长李家短地谝着，有说有笑，却毫不影响手头的活计，数月下来，一家老小过冬的毛衣都打好了。现在想想，打毛衣是多么有意思的事呀，怎么一夜间就从大街小巷里消失了呢？连同慵懒而又闲适的光阴似乎也跟着消逝了，现在都是灵魂追着肉身跑，什么都变了。虽说没打过毛衣，却近距离观察过，那份不紧不慢的安适印在心间，也不知从什么时候起，在写作上，竟也有了一种打毛衣的心态。一点一点地打，慢慢悠悠地打，本来就是个手艺活儿，也急躁不得的。急了，容易出错，容易打乱，容易扎到手。在今天人人似乎都很着急的状况下，获取打毛衣的心态，不失为一种良方。刚开始，你肯定还不适应，外面毕竟有那么多诱惑人心的事情，但日子一久，你会明白，写作其实就是在打毛衣。

51

写完了小说，小说家也就消失了，他像鸟一样，飞进深山老林里，来无踪去无影，躲在隐秘的灰暗地带，喝泉水，吃虫子，养足着精神，等待着下一次的长途跋涉。但这个时期毕竟短暂，小说家大多数的时间都在工作，几乎没有停歇的时候，因为一旦歇了很久，内心对伟大小说的渴念就会让他坐卧不宁，就会惴惴不安。优秀小说家的心底都有要写出伟大小说的愿望，正是这个愿望才让他不知疲惫地工作着，不求结果地尝试着，写写短篇，再写写长篇，写不下去了，就写点儿随笔，总得写着，不写就意味着永久地消失，尽管写作本身也是一种消失的过程。有时我们会感到费素材，因为写作不仅在窥视自我，更在打捞他人的生活和记忆，我们势必要不断地去倾听他人的故事，他人身上的艰难，当我们眼睛里装了太多的东西，我们便像风一样消隐在人物的叹息里了。

故事

提供不同的命运

范式和感官体验

1

太乙河边，故事若涧水般汩汩流淌，小说则被青苔包裹着压在石头下面。谁都能看到故事的欢乐，却只有深水中的鱼能感知到小说的寂静与沉默。光斑在麻栎叶上摇摇晃晃，在这个听不见一声鸟鸣的时刻，我枯坐在一个老树根上，回想一位刚刚读过的韩国作家。似乎阅读时引起心灵波动的故事都被我遗忘掉了，尚且盘绕在脑海里的，只是些故事的残渣。甚至只是几个不怎么重要的细节和一种清浅的情绪。无论渺小，还是磅礴，故事都可以算得上是小说的双翼，可即便如此，故事还是连根带土一齐消逝在了涧水的尽头。故事真的就不重要了吗？总有人会将故事踩在脚下，刻薄地贬低故事的价值，有时我也如此，但直到现在，我依然无法否定故事的力量。当我被小说中某个词句或细节打动的时候，我心里明白那都是故事庞大的惯性在此留下的一道道印痕。

2

小说就是讲故事。小说家都清楚这个事实，却依然有人极力反对故事，尽管他们也虚构了许多的故事。他们认定了在小说里老实讲故事就是技艺落伍的一种表现，甚至是江郎才尽的表现，因而，他们势必要和故事对抗，要彻底革了故事的命。在我初学小说尚且不会讲故事的时候，我也坚定地相信小说和故事就是对立的，是老死不相往来的两个方向，认定小说只是语言的狂欢，是词句抵达心灵深处的抽象艺术，完全可以不在乎故事，忽略故事。十年过去，我的心态发生了根本性的变化，开始对讲出了伟大故事的小说充满敬仰，对那些讲出了伟大故事的小说家更是满怀敬意。故事重不重要这个话题一直在被人们讨论着，但据我观察，无论是选择尊崇故事还是对抗故事，其实多数小说家都是在依靠故事来抵挡孤寂而又难熬的夜晚。词句是冰冷的，故事是温热的。

3

神话传说有着漫长的口头讲述史，尤其在民间的街头巷尾，不断被人以不同形式反复讲述和演绎，并赋予其新的时代意义。说书先生就算得上是距故事最近的人，为何他们没有成为小说家？对于立志要当小说家的青年人，必须要明白一个道理：小说家并非光说不练的人，而是用作品说话并阐述思想的人。用故事说话，就得做好长期伏案工作的准备，练就处世不惊、心如止水的性情，磨炼出坐得住冷板凳的心态，这都是写小说的必要条件，因为这是一项需要付出大量劳动且要长期坚守的实践活动，可不是光嘴上说说的事情。还要记住，所有的付出和坚守都只是一种冒险，完全有可能失败掉，成为一堆废品。但话说回来，写小说的魅力也正在于此，在失败中认清自我，梳理记忆，找寻乐趣，直至写出令自己满意的作品来。小说家其实就是一个永远和失败为友的职业。

4

我们都需要故事，没有谁能离得开它。假若这个世界没有了故事，必将一片死寂，星光也会暗淡，天空也会变得灰头土脸，人人都会感到失落而绝望。故事提供给我们一种别样的生活，一种介于假象与真相之间的存在，既可撒谎，又能讲出实情，它永远关照世间万物的生命价值，尤其是对人性变化的洞察。厌弃故事的人，并不意味着他们就能逃开故事的利爪，他们身上或许藏着更大的故事富矿。故事可能是愤怒的，可能是昂扬的，也可能是脆弱的，面对强权与专制，有可能会被篡改得体无完肤，丢失了原本的面目。故事是何种样貌和秉性，完全取决于躲在背后的讲述者，但在很多时候，由于多种因素的干扰，不同的讲述者在讲述同一个故事时，往往会出现不同的故事形态和结果。故事给小说补给关键的养分，象征着小说的最初样态，但却只是小说的一部分。

5

叙述学上，多位学者将故事拆解成微小的单元，建立模型，用理论去解释故事的普遍性原理，寻找故事的结构规律。在他们看来，分布在全世界各个地方的故事，尤其是神话故事，由于文明与宗教间的迥别，故事的样貌和形态上显出巨大的差异，但尽管如此，故事内部依然存在着某种相似的成分和规律。于是，就产生了众多的故事学说，以此来分析故事，建立故事。在我看来，理论只适合作为一种认识故事的窗口，若以此来指导写作故事或小说，就会认为故事是有规律可循的，是有内部的套路的，就会过分依赖这些东西，从而忽略了伟大故事所具备的独创性和偶然性。一个创作者，认识了这些故事学说后，写作时，应将其全部忘记，要知道我们的作品本质上是在描述世间未知的区域，比如盘绕在梦境里不真实的碎片。而不仅仅是叙述已知的和约定俗成的。

6

人物是小说的核心与灵魂，就是小说的逻辑，是小说的基本线索，任何妄图在小说中消解人物的做法都是荒谬的行径。仅靠一堆感觉是无法支撑起小说框架的，尤其是长篇小说，更需要个性的人物形象。一部失败的小说，原因可能来自于诸多方面，但关键的原因可能还是没有写出一个令读者印象深刻的人物。经典小说能够经得起时间的考验，就是留下了一两个永恒的人物，读者或许早已忘却了其中的重要情节，但那个人物的面容却萦绕脑际，挥之不去。有的小说，写法可能不够先锋，语言也相对粗糙，但若有一个生动的人物，就会让读者忘却了其余的缺憾。读者可以原谅小说家不够精致，不具有在小说艺术上拓荒的精神，但无法原谅小说里支离破碎的人物形象。小说人物是虚构的，但他有爱有恨，有可爱的一面，也有愚蠢的地方。小说人物得比现实人物更有生命感。

7

写出让时间铭记的人物，是小说家永恒的光辉使命。人物背后，是一个创造性的开放世界，小说家观察日常的视角不同，人物所生活的那个世界的意义和气息也就不同，大多时刻，这决定于小说家对人的本质的理解，以及对身体和存在的理解。同人的一生相比，小说其实微不足道，再长的小说也不能完全写尽人一生所有的细节，这就需要小说提供给读者重要且精准的细节，尤其是面对平凡的日常事务时，更需用精简的语言赋予其更多的意义。许多古典传说故事，情节离奇，却悖于常理，故事有足够的吸引力，却难以引起现代人的共鸣。我们都应该明白，小说表现的是生活的一个侧面，既然如此，面对笔下的人物，我们就得敞开心扉，真诚直面，少耍花子，少卖弄才华。小说里的真诚，并非是让你重现生活，而是尽可能将自己当成人物，直视其内在的精神世界。

8

你需想尽办法压迫你的人物，使用各种手段让他陷入麻烦事或进退两难的境地，有压迫，人物才会反抗和挣扎，才能更深入地调动你的想象力，人物也才能暴露出人性崇高与肮脏的一面。司汤达首次想到于连这个人物时，并未有多么了解这个角色，细节只是从报纸上得来的。他在一个逼仄的现实空间中，将阶层的重担压在于连瘦弱的肩上，于连没有光明可言，无论爱情如何眷恋他，他注定都是一个悲剧角色。我被司汤达绵密的语言牢牢地套住，甚至内心深处竟无比赞同于连那些可憎的行径。司汤达把于连的性格，洞察得太透彻了，全书你几乎难以找到一个无法令人信服的情节出来。课堂上我将于连的故事简述给学生，许多人难以置信，上层社会的贵妇怎会偏偏喜欢上来自木匠家庭的于连呢。生活往往会令我们质疑它自身的真实性，因为它没有道理可言。顶尖小说家却总能把新闻事件锻造为朴素的小说语态，让你在故事里流连忘返。

9

要让小说有逻辑感，就得把小说人物当人看，就不能挑战常识。你或许会用先锋写作来反驳我，觉得先锋写作完全可以不依照常识，完全可以推倒重来，另起炉灶。你当然可以这样去挑战读者的承受力，但我相信其后果一定会让你深感沮丧，甚至连以往无比信任你的读者都会离你而去，读者会认定你这是在戏弄他们，在用语言的美梦欺骗或嘲讽他们。人们可以接受荒诞离奇的叙述和冷峻另类的表达，但有几人能接受不合逻辑的情节或细节？在许多经典小说中，你当然可以找出许多不合事实的片段来反驳我，比如鲁智深倒拔垂杨柳，现实生活中，这可能吗？恐怕十个人一起倒拔垂杨柳，都分外作难，它虽不合事实，却符合故事情理，也正因此，极少有人会怀疑类似这样的小说事实。不能挑战常识，这个常识是小说的常识，人物的常识，并非单指生活层面上的常识。

10

再复杂的人性在时间面前都是轻盈的。小说是在借助人物展示部分真相，仅仅只是一部分，谁也无法做到在一部小说中揭穿生活的全部事实和真相。月亮的神秘感正是来自它多数时间的残缺和不完满，小说亦如此。就像在今天，我们依然无法真正理解我们的来路、死亡与梦境，我们或许在感知，在经受着某种神秘的过程，但却无法借用语言诉说，无法做到真诚地还原。同常人相比，小说家对人性隐秘的窥探能多出多少呢？没错，他发现了矛盾和灾难的根源，但他仍然无法帮助人类解除，他也困惑绝望，也深陷其中，否则，托尔斯泰怎会让安娜残忍地卧轨死去呢？卡夫卡又怎会让约瑟夫·K被杀死在采石场呢？常有人会斥责小说脱离生活，篡改生活，但从小说艺术的根本规律来看，它的核心要义就是篡改生活，且以预言姿态去写我们的过往和不可知的迷人行径。

11

人们乐此不疲阅读小说，绝大多数人都是为了看一个精彩的故事，故事内部隐藏着许多悬念，而悬念则在不断唤醒读者“欲知后事如何”的深切欲望，都急迫地想知道故事后面发生了什么。但若小说仅仅只是在讲故事，那后果将是不堪设想的，甚至小说的艺术生命，也会毁于故事的庞大力量中。从概念上讲，故事是通过叙述的方式讲一个带有寓意的事件，或是陈述一件往事，它并不强调语言、语调、方式或故事之外的东西，它更多指向事件本身或事件背后传达的意义，按照故事的这个关系来分析，小说就是事件，这当然是极为荒谬的。小说是在讲述故事，但并非故事，这之间是有着巨大差别的，讲述就意味着一种过程，意味着无数种抵达的方式和可能性，意味着其间可以隐藏许多小说家自我的判断，而事件建立在现实的层面，意味着你要真实还原。从事件到故事，是基础阶段，从故事到小说，需要思想的飞跃，需要有崇高而又伟大的艺术抱负。

12

E. M. 福斯特在《小说面面观》里谈到：小说的立足之本是事实加上或者减去X，这个不定量就是小说家的气质，而且这个不定量总是会改变事实所产生的效果，有时会把它变得面目全非。

事实一词，较好理解，无非就是现实中发生过了并呈现在我们面前的事情，可不定量在此指代什么呢？这恐怕要让你们心生疑惑。在我看来，它至少包含了事实的对立面，尚未发生的，或已经发生了却未能引起我们注意的以及被我们忽略掉的，也是一种相对意义上的事实，只不过它潜藏在不易发现的地方或黑暗的地方。而将这些潜藏的事实发掘出来，正是小说家的光荣使命。小说家穿过事实，向下挖掘，书写人性的灿烂和昏暗，以揭示生活的要义。向下挖掘的区域，正是福斯特谈到的不定量。而记者或历史学家只过问事实本身，至于事实是因何发生了的，他们并不关心。

13

关于不定量一词的解释，依然是含混的，我们暂且将它限定在人物身上，即人物的不定量。小说里的人物和生活里的人物原型有着很大的区别，原型是真实可触的，却深不见底，对于一个真实人物，很难做到全面认识，小说人物是虚幻的，但小说家对他的一举一动却了如指掌，他整个的命运起伏，早已被小说家在构思中安排得妥妥当当。原型人物是怎样成为小说人物的呢？

依靠的就是这个不定量，体现在原型人物身上，就是其心中的欲望、渴念、悔恨、悲痛、快乐、激情和疯狂的意念，日常生活中，他自然不会轻易将它们展现出来，展现出来的也只是微不足道的一面，因而小说家对原型人物的了解永远也是片面的。可这片面中却蕴藏着巨大的想象空间，小说家根据自己掌握的情况，对原型人物身上的不定量进行猜测或推理，从而虚构出理想状态下的人物形象。

14

虚构其实就是让原型人物身上尚未展现出的不定量在小说世界得到充分展现，让欲望或意念化为具体的行动，因而在小说中，不定量往往要大过事实对它的影响。对不定量书写的多少，决定了小说家是否能够塑造出一个真实可信的人物，可通过这种方式，小说家能像上帝一样完全了解他笔下的人物吗？如果真是这样，那人物就成了他笔下的傀儡，任凭他的摆布，他想让人物在什么时候死去就在什么时候死去，想让人物和谁来玩就和谁来玩。小说家真的有权知晓人物的一切吗？拿我自己来讲，有时在写一篇小说时，脑海中只有一个模糊的形象，可越往下写，人物的行为不断在启发并引领着我前进，可以说，人物形象是在不断书写的过程中渐渐清晰起来。就是说，对不定量的发现，可以是在准备阶段，也可以是在写作过程中，但我并不主张小说家做人物的上帝。

15

小说家无论对人物有多少了解，都不应在小说里和盘托出，小说家在长期的写作实践中要练就一种本领：对重要信息的提纯和概括能力，这点对写作中短篇小说而言至关重要。也就是说，在叙述中无需将人物大大小小的细节和故事都告诉给读者，得学会隐藏一些重要的信息，只需挑选一些具有代表性的能够反映人物性格特点或让人印象深刻的细节就行，这些细节看似单薄，却彼此间产生了化学反应，彼此影响，相互激发，和画漫画一样，寥寥几处，却足以让你了解清楚人物的个性特点。现在的一些长篇小说，越来越长，作者生怕读者理解不了他的用意，一个劲儿地讲述各种琐事，致使小说臃肿不堪，结构七扭八歪，作者都不愿读第二遍，读者又怎会读完呢？不过却在市场上颇受欢迎，小说越长，名头越大，跨度越广，越能受到各类文学奖项的青睐。

16

提纯和概括的目的就是将具象事物简化或者艺术化，简化容易理解，删繁就简，去掉多余的和冗长的，艺术化呢，可变形、扭曲、异化，也可将简单事物抽象化。我们总不能把全部的生活放进小说，露出海面的也只是冰山的一部分，我们写下的是某个人物，可读者在阅读时，看到的却是他的身影，身影有时距离人物很近，有时却很远，却几乎没有重叠的时刻。从人物到倒影，体现了一名小说家摄取和处理现实生活的本领，简化或者艺术化，不仅仅是手段和技巧，也不单单针对语言，更广阔的是指对主题、思想、隐喻、空间、段落、形式、风格、故事、人物、韵律等方面的简化或者艺术化。简化是为了缩小出口，让故事线条清晰明朗，艺术化更不用说，读者阅读小说，就是为了能在故事里找到慰藉，见到另一个空间里的自己，且能带他暂时远离可恶的生活。

17

我们完全可以将故事从小说中单提出来，因为相比故事而言，小说要复杂得多，很难从宏观层面上谈清楚，但故事不同，它就像木匠的看家本领，纯粹是一门手艺，是可以从技术上进行操练的。故事更是一种特殊的生活戏剧，以冲突为核心，它迫使我们从阅读的经验中走出来，去关注那些难以洞察的日常变化和具有真实感的现实，这其实是一种来自灵魂深处的渴念和对情境热烈的爱，它让读者在语言面前停留，并引发他的奇思妙想。既然是一门手艺，就需要持之以恒地苦练基本功，来弥补艺术天分上的欠缺。艺术天分是一个跳跃的过程，从日常生活跳跃到纯粹的幻想境界，能够给普通的故事素材赋予新的艺术活力，而这种能力总让一些新手感到惧怕，从而放弃写作。其实这种天分也是可以通过长期训练来获得的，它需要你对故事有着滚烫的激情和爱恋。

18

故事提供给我们不同的命运范式和感官体验。当我们被裹挟进他人命运的洋流中时，打动我们的并非是小说的语言和形式感，而是故事本身，这个时候，故事在替我们整顿生活，或清扫一些情绪，或将我们引入一些情绪，我们仿佛真正感知到了自我的存在。似乎在阅读故事之前，我们是野蛮而又愚昧的，只关注吃喝拉撒和性愉悦，但故事却赋予我们新的存在方式，带给了我们新的智慧，且清楚了自我的坐标位置。于是，我们同作者一起在故事里面哭泣、癫狂、伤感和发笑。小说里抛除故事的部分，在引领我们逃避现实，走向昏暗的艺术领地，但故事在劝导我们回归，回到生活，回到日常，关注真实的人性。人性是幽暗而又模糊的，它往往在冲突最为激烈或推向极致时，显现出其真实的面目，而这也只能依靠故事抵达，语言和暧昧不清的隐喻是无法胜任的。

19

该从哪里寻找故事资源呢？小说家的一生有多少故事值得写呢？当然是生活自身，许多人不愿承认这一点，但事实就是如此。我们在生活里孤独着、纠缠着、爱着，无时无刻不在经受着命运赐予的苦涩，我们从生活里捡拾起自己的故事，他人的故事，以及数不清的记忆片段，如同穿梭在海洋深处的鱼群。它们被我们用记忆筛选一遍，再用语言清洗一遍，且赋予了新的象征和指向，故事在日常的观察中逐渐变形，成长为新的文本样态，它是抽象的，也是具体的。换句话说，我们是在日常的观察当中寻找笔下的主人公，对故事而言，人物就是它的全部，可并非是所有人都能进入故事里，故事呼唤的是具有浓烈的文学色彩的人物。人物身上可以没有非凡的经历或过往，但得有非凡的执念、决绝的态度或超强的意志。小说人物其实是数个或无数个现实人物的集合。

20

我们可以这样定义，故事是够若干事件和人物构成的。需要指明的是，事件必须是有效事件，如果它的发生，并不能引起冲突或者人物的欲望，那就无法支撑故事。也就是说，故事需要人物的参与，需要注入强烈的生命感，晴天里天上打了一个雷，是一个事件，但将其单列出来，却不能构成一个故事事件，它只是一个正常的现象。但假若这声夏日里的闷雷，惊醒了梦中人，唤醒了他许许多多前世的记忆，那就有意思了，就成为了一个可靠的有效事件，就可以被吸收进故事当中。事件是否有效，取决于它的价值大小，这个价值并非是它自身或者日常性的价值，而指它对故事进展或人物性格塑造的影响大小。事件必须有变化，过程的变化，境况的变化，价值的变化，欲望的变化，行为的变化，甚至外部特征的变化，有变化，就会有因果，就会产生人性上的化学反应。

21

掌握了故事素材和资源后，不妨暂时忘却先前的小说观念，看自己是否能够将原材料还原成一个真实可信的故事。无论是对传统叙述者，还是对反传统的现代主义者，这项本领，都可以说是其立身之本。就按照最简单的方式写，尽量选择第一人称去进入（先不要去想第一人称有何优劣点），假想自己就是故事中的叙述者或主人公，把自己也卷入故事里面去，哪怕明明知道有些情节是虚构出来的，也不要想，把心里真实的情绪全部都流露出来，不要在乎什么技法，在这个阶段，情绪远远比技法重要。就当作笔下的故事是虚构出来的自传，用自传的口吻和语气进入人物，也许这样去写作，故事显得会散乱一些，结构也似乎不够紧凑，但它最大的好处，就是能让读者时时刻刻沉浸在作者的情绪当中，容易将自己想象成故事中的人物，以此加深对故事和人物的理解。

22

故事是小说的起点，小说是故事的天空。故事与小说之间的关系，就如同鱼与水、车与路的关系，谁都无法离得开谁。没有了故事，小说就是空中楼阁，必轰然倒塌。没有了小说，故事就是张家长李家短，上不得台面。多数人的心中其实是将故事和小说画等号的，若过于强调小说里故事之外的因素，毫无疑问就会冒犯到众多读者，我就曾试图说服我的朋友理解我在某篇小说里的探索，可他看完后摇摇头且不无鄙夷地骂了一句脏话。故事在帮助小说家进入现实，进入内心大大小小的焦虑和孤独，也可以说，故事在帮助我们解读世道人心，解构生活的本义，故事是小说家手里的工具，只是发端，绝非终点。故事为我们描绘了一幅逼真的生活图像，我们以为那就是真实，但当穿透故事往前瞭望时，竟发现故事仅仅是表象，而非绝对的真实。真实只能去小说的终点寻找。

23

故事语言，即小说语言，暗藏玄机，暗流涌动。

在人物间自由地穿梭，像火山一样，随时可喷发。

24

在讲述故事的过程中，作者最好隐身，这样的好处是容易将自己和读者带到具体的情景里，读者可不愿意看到作者突然跳出来在那里喋喋不休，说些毫无意义的大话和空话。读者在阅读的过程中，更愿意将主人公想象成自我，因而我们在写作故事时，最好不要像上帝一样，一股脑儿将事情的来龙去脉都讲个明明白白，最好的办法是将人物内心的欲念以具体的行动表现出来，还原事件原来的面目，留足空间和余地，让读者能够参与进来，让读者和人物能发生移情，产生情感上的共振。能让读者忘记作者的文本未必就是好的文本，但一定是充满着吸引力的文本，作者在故事中出现，是令人感到厌恶的，读起来就像是在了解作者心里的一个梗概或提纲，而非故事本身。尽量用动作、对话、冲突来体现故事的戏剧色彩，让读者在觉察中去评判，在情景里找寻暗藏的隐喻。

25

来谈谈视角。对故事而言，视角无比重要，它意味着切入的角度，影响着小说的整体架构。当我们写下第一句话时，视角就已经出现在心中了。任何小说都无法离开视角的参与。视角在强迫我们选择人称和叙述人物，也就是由谁来讲述的问题，是次要人物还是主要人物，还是作者参与讲述，是选择第一人称，还是第二或第三人称，这些问题在我们下笔之前，最好都应该有所考量。一旦选择了哪个视角，最好能贯穿到底，尽量不做更换，否则前后叙述不一致，容易扰乱读者的视线。但其实许多经典小说里都出现过这个问题，比如《包法利夫人》的开篇，就神不知鬼不觉地进行了人称上的转换，你可能会拿这个来反驳我，但我在此指明的是，福楼拜在接下来的叙述中，再也没有出现过第一人称，而是用第三人称叙述到底，直至包法利先生的死亡和郝麦得到了十字勋章。

26

谁来充当叙述人物呢，初学者肯定会选择故事中的核心人物，这样的话，可以迅速牵出故事线索，且为读者展现出一个饱满的人物形象，但这样选择，未必是最佳途径，应视具体情况而定。《了不起的盖茨比》就选择了一个边缘人物（尼克）来讲述盖茨比的一生，尼克作为盖茨比的见证者，更易从多个维度来辅衬盖茨比一生的神秘性，这一点格外重要，假若换成盖茨比来讲述，故事可能足够精彩，但至少失去了传奇的神秘色彩。大家也可以再想想《孔乙己》，是孔乙己自己在讲述故事吗？不是，那是谁呢？是咸丰酒店里的伙计，典型的以边缘人物去写核心人物，这在鲁迅的小说里其实是比较少见的。无论是安排边缘人物还是核心人物来讲述，有一个共同点，都属于主观视角，最大的便利就是能够全面直观地表现人物的内心世界，当然了，其缺点也是显而易见的。

27

缺点即我们无法进入他者的内心世界。这一点，是由主观视角自身的限制所造成的。咸丰酒店的伙计讲述他眼中的孔乙己时，他也只能讲述他看到的和听到的，至于孔乙己内心里究竟经受了怎样的苦痛和挣扎，他尽管能够感知得到，但实际上他却一无所知，因为他无法窥视孔乙己的内心。也就是说，主观视角是受限的视角。第一人称叙述的优劣点也即如此，他无法讲述自己不清楚的或无法获悉的信息，这也就造成了叙述上的局限性。全知视角呢，一般我们指代的是第三人称，也是小说最常见的叙述视角，人们总会傲慢地将其称作上帝视角，语气里带有一丝的不屑和轻蔑，会简单而又粗暴地认为第三人称叙述就是传统的现实主义写法，是不够先锋的写法，但其实这是对全知视角最大的误解。就是因为全知视角根深叶茂，在小说史上熠熠生辉，才招来了诸多非议。

28

和第一人称叙述相比，第三人称叙述更适合历史纵深感强、人物众多、线索复杂、人物命运跌宕起伏的小说，能在宏观的视野下掌控故事全局，更能表现出核心人物之外边缘人物的性情特点。用得好了，气势恢宏，干净利落，容易写成史诗，比如《白鹿原》《百年孤独》《静静的顿河》等。假若陈忠实安排以白嘉轩的视角去写白鹿两家，小说会成什么样呢？显然这部小说最成功的角色之一是田小娥，而白嘉轩始终都无法接纳她，以至在田小娥死后，竟修塔去镇压她的魂魄。如此，若让白嘉轩去讲述田小娥的一生，恐怕会格外情绪化，充满着男性潜意识里的偏见。帕慕克就意识到这一点，所以他没有以某个人物的视角来讲完整部小说，在《我的名字叫红》里，他让杀害细密画家的犯罪嫌疑人和目击证人各讲各的，互不干扰，反而出现了交响乐般的戏剧结构。

29

小说和视角是没办法分开的，对视角的合理选择，某种意义上决定了小说的成功与否。作为小说作者，至少我们在阅读的时候，应该着重去研究杰出小说家都是如何选择的，尽可能地触摸更多的叙述方法。对视角或人称的选择，一方面有灵感的参与，但更多凝聚的是一个小说家长期写作的经验和智慧。读者在阅读时不会去关注这些的，他们只会欣赏语言，体验故事带来的乐趣，如果视角对故事的正常推进产生了干扰，他们就会指责小说家。视角的选择，是技巧，是打开故事迷宫的金钥匙，我们不妨去试着解构自己喜欢的经典小说，琢磨琢磨小说家为什么在这里使用第一人称叙述而不是第三人称，通过深层分析，或许我们就会理解小说家的良苦用心，理解他在此做出的努力和尝试，就会理解他在小说中为何如此叛逆，竟敢和读者扳手腕，而丝毫不怕失去他们。

30

选择妥当的视角，是为了表现人物，也由人物而决定。初学者总会过多地关注情节，认为只要搜集到好的情节，就会写出好故事，从而忽略了人物。对故事而言，人物和情节同等重要，甚至比情节还重要，人物是情节的动力所在，人物内心的欲望、感受和行动就是情节的燃料或引擎。情节不是为故事服务的，而是为人物服务的，小说是在写人，而非仅仅讲故事。从写下的第一句话开始，我们就要想着如何去表现人物、塑造人物，人物的个性突出，并非是语言或行动上的标新立异，而是在欲念与行动间的冲突间逐渐清晰明朗的。刚一开始，人物都不要太多，太多了，让你眼花缭乱，反而无法记住核心人物，也不要在形式上要小聪明，而应竭力让人物充满真实感，使读者坚信你接下来的叙述。

31

最好一开始就让人物陷入麻烦事，或者赋予其鲜明的外部特征，比如主人公刚刚因为一场突如其来的车祸截去了双臂，或者他在半夜回家时忽然想起了自己上周刚拔掉的智齿，这样做未必就是最好的办法，但一定能够奏效。将读者拉入主人公的处境当中，读者肯定会设身处地地想象假若将主人公换成自己，该如何面对这样的麻烦事。不要急着展示让你激动万分的情节，情节放在后面，这个时候，虽说读者大概记住了主人公，但毕竟对他的印象还不够深刻，你就得多寻找一些细节出来，和主人公相关的，来加深读者的印象，等一个成熟的形象在读者头脑中形成的时候，再慢慢滑入你此前的构思当中，展开精彩的情节。最好是从一个失意人物开始，这样能够唤起读者的怜悯心，会有一种强烈帮助并解救他的愿望。假若是一个趾高气扬的人物，我想谁都会有点厌烦。

32

读者要记住你的核心人物，或者说，要塑造一个成功的人物形象，是无比艰难的，因而在推进小说时，当那些无关紧要的人物完成了他们的使命后，最好不要再让他们出来，以干扰读者的视线。他们仅仅是在配合着完善或衬托核心人物的性格，假若一写到边缘人物时，就以大量的笔墨去写他们的半生故事，那故事整体会显得格外臃肿，变得混乱起来，这并非是艺术上的盘根错节，而是主次不分，人为酿成的重大失误。如果写初稿时，已经那样做了，还为时未晚，尚可拯救，可在修订第二稿或者第三稿时，将多余的细部删掉，尤其是那些对故事主线毫无贡献的细部。在写作长篇小说前，最好能画上一个简单的人物关系图，在你写作小说漫长的时光里，就将这幅图放在你的桌前，会有一个提醒的作用。当然有可能你先前构思的人物在具体实践中没有出现，这都正常。

33

肖像描写必不可少，它考验着作者的基本功。可写五官，可写衣饰，也可写行为举止与神态，肖像描写不是简单地为人物照相，而要能准确地抓住人物的特征，表现出人物的精气神，最好能突出重点，分清主次，莫要为追求全面而泛泛而谈。对人物精确的观察，精练的描写，往往会起到四两拨千斤的效果，会制造出画面感，迅速让读者记住这个人物。鲁迅和契诃夫对人物的肖像描写就耐人寻味，是小说家里的典范，提起阿Q，我们会想起他“头上戴着破毡帽”，提起孔乙己，我们会想起他“身上穿着又脏又破的长衫”，提到祥林嫂，我们就会想起她“头上扎着白头绳”，提到别里科夫，我们会想起他“即使在最晴朗的日子，也穿上雨鞋，带着雨伞，而且一定穿着暖和的棉大衣”。

34

要想让故事引人注目，须得学会制造悬念。制造悬念的过程，就是钓鱼的过程，需有耐力和平静的心才行，否则鱼怎能轻易上钩？悬念是一种状态，并非是单指某句话，但往往通过某些具体的描述或段落来执行，我们总能想起那些制造悬念的经典案例。《百年孤独》《局外人》《变形记》《麦田里的守望者》开头的第一句话，我想大家比我更清楚，不妨去琢磨琢磨它们的力量感。开篇就告知给你一个事实，就逼迫着你思考见识冰块的那个下午究竟发生了什么事情，就让你想象人在变成甲虫之后该如何面对家庭、如何生活。许多青年作者实际上对悬念存在着误解，认为制造悬念，就是在开头制造新奇和怪诞的事实，以达到吸引眼球的效果，但这只能算是小聪明。开头的第一句话重要，不仅仅是埋藏了故事的重要线索，更是为小说定基调。悬念同全文是同频共振的。

35

或者在关键时刻猛踩刹车，及时收住，有意制造一些谜团出来，让读者在阅读时不断去猜想后面会发生什么，不要突然结束，草草收场。也就是说，悬念主动将我们和读者拉进故事里，拨云见日般地窥探故事全貌，要是没有了悬念，故事就成了生硬的提纲，失去了生命力。明清小说家是最懂这一点的，故事面向听众和读者，小说家更像是街头的说书人，因而他们明白如何在吊起读者胃口的情况下又能迅速满足他们的期待。和影视剧总要在关键时候插播广告一样，他们会在故事的要紧处，突然来一句：欲知后事如何，且看下回分解。如果你在前半部分或者开头埋下了足够多的伏笔，却在后头没有回应读者的期待，那显然就是失败的小说。写了一个强有力的开头，那就要顺着这种强有力的基调，有始有终地叙述下去，否则你的悬念就只是一个花架子，没有效力。

36

人物对话也应引起足够重视。对话不像生活聊天，它会滤掉无效信息，并且赋予其具体的文学性，事实上，人们在日常中绝不像小说中那样说话，它们是两种完全不同的话语体系。小说对话自然是在模拟日常对话，但它却以刻画人物形象或深化小说主题为目的，具有独一无二的作用，不像日常对话那样随意或无边无际。也就是说，对话也是小说情节，它在推动着故事发展，看似平常的对话放在某个具体背景下，就会暗藏着诸多的关键信息。海明威和卡佛就是杰出的以对话见长的小说家。对话看似简单，谁都可以操作，但并不好写，尤其是用对话来推动重要情节的小说，更考验功力。对话应竭力展示其内在的戏剧性，隐藏住某些重要信息，以留有空间，它必须有所指向，且越来越明确，直至在某个地方忽然释放出巨大的能量，对话要彰显对话者的语气和态度。

37

对话者要说什么，不取决于作者，而取决于对话者的欲望、执念或需求。在写对话时，作者必须隐身到看不见的地方。最常见的是一问一答的对话，尤其是初学写小说的新手，很喜欢这么做，显而易见的好处是能够隐藏自己在对话艺术上的短板，且能将一些重要信息借机告知给读者。但其实这是讨巧的或者说是缺乏想象力的一种体现，作者实际上并不了解他笔下的人物，只是在通过问答的形式来陈述事实，来推动故事的发展。就算在现实生活中，如若我们聊天全部是问答这种形式，那生活该是多么乏味无趣。相比作者的直叙而言，对话更能体现出人物的个性特点，有可能随便的一句话却让我们对这个人物印象深刻。奈保尔写过一个名叫波普的人物，每当少年问他在做什么时，他总会回答相同的话：“我在干一件叫不出名堂的事。”想起这句话，我还能笑出声来。

38

你得清楚你的人物在想什么，需要什么，深入人物内心，掌握了他的喜怒哀乐，才能展开有意味的有趣的对话。对于小说而言，对话不仅仅是一堆嘈杂的声音，更是一种符号象征，它充满着叙述智慧，充满着暗喻、未知和不能够确定的意义。对话因人而定，身份不同，性格张力也就不同，说出的话也就不同，如果小说里众多人物的言谈举止是相似的，这不是人物的问题，而是作者还不够了解他的人物。对话就是说话，什么人说什么话，完全可以将方言俚语和口头禅都写进来，大可不必在乎读者是否能理解你的用意。对话时，并不意味着对话者就充满了对话的欲望，它完全视具体情况而定，有时人物之间会滔滔不绝地就某件事情展开讨论，有时一方思想抛锚，正在考虑别的事情，那对话的形态、语气甚至语调都会发生微妙的变化。要没话可说，就赶紧停止。

39

我们常会陷入一个误区，认为对话就得传递重要的信息，这种执念让我们在对话时强行引入许多内容，结果令对话显得臃肿，失去了优雅简洁的魅力。对话就非得谈论一件事情吗？非得带着某个明确的目标吗？生活中，我们可不是这样讲话的，多数时候，我们都是没有指向性地说着或听着，说到哪里就到哪里，聊到哪里就接到哪里。因而小说中高级的对话形态应该也朝着这个方向迈进，当然它并非像生活聊天那样随机片面，但至少从某些方面而言，它剔除了试图在对话中传递信息或实现某些确切目标的愿望，其背后隐藏着一个关键的信号，即作者心里明白读者已经掌握了他此前试图说出的信息。在这种时刻，人物间该如何交流呢？显然要轻松许多，生活里悲伤，爱情或失恋的经历，刚刚学会做的一道湘菜，都可以进入对话里来，看似随意，却指向生活的真实。

40

对话也在彰显着小说风格，而风格是和故事统一的，相辅相成的。风格显示出一个小说家的辨识度，当学生将一堆稿件交给我时，浏览一页，我就能大概判定出这篇稿件的价值，依据的正是其文体风格。风格大多是从语言的表现力度和叙述技法上流淌出来的，在你写作的时候，你并不能感知它的存在，只有当你回过头来阅读你已经写下的内容时，才能清晰地看到你的风格特点。海明威和福克纳的风格就是大相径庭的，一个清淡简洁，一个浓郁厚实，他们真正称得上是小说家中的文体家。但对于普通作者而言，风格其实是一把双刃剑，如果风格不够突出，就无法引起编辑的注意，可能就得永远锁在抽屉里，而假若风格太过明显的话，编辑是否能够接受？或者说，有可能误认为你的小说过于花里胡哨，尽是些空架子，这也就倒逼着我们要使风格和内容和谐相处。

41

风格凸显着小说的艺术感，它并非狭义上的形式。形式是向外舒展的，而风格却是向内螺旋的，它体现在小说的角角落落。有人的句子很长，长到阅读时必须多喘两口气，比如陈忠实和凯鲁亚克，就是典型的长句型小说家，也有人善用短句，如锋利的匕首，寒光闪闪，极具杀伤力，如汪曾祺和林斤澜。有人在描述一个具体的场景时，调起触感，大段大段地描写，若大河奔流，泥沙俱下，气势恢宏，有人却三言两句，手起刀落，看似平平淡淡，却细处藏针。有人写到妙处时，连标点符号都不要了，任由意识流淌，不给你喘息余地。有人的语言充满着强烈的抒情意味和韵律感，读来如同给恋人朗诵久远的诗作，有人的语言看似土气十足，却暗流涌动，尖锐深刻，充满着思想的魅力。风格究竟是什么呢？抹去作者，若还能判定出来是谁写的，那显然就是风格的力量。

42

当你还没有拥有风格时，也不要气馁，毕竟不是一朝一夕就能形成独特的风格，但至少这个时候，你可以从别的方面下功夫来提升作品。作为新人，在阅读世界文学经典的同时，你也应关注着当代文学和杂志，一般来说，每本杂志都有自己的定位和标准，或者说有着鲜明的腔调，当别人都按部就班地或者依照传统的现实主义手法讲故事时，你就应该试试新的可能，另辟蹊径，在不断实验或游走的过程中，或许你能够得到一些启示。就是说，至少从一开始，就应该抱有和他人的写作区别开来的雄心壮志，这种姿态会让你在以后漫长的写作中努力克服以往的枷锁。你务必在语言上下功夫，在描写时，越细腻越好，让细腻的文风始终伴随着你的写作。不要过于自恋，大胆地推翻自己以前的作品，将自己得意的作品朗读给身边的朋友听，听听旁人的看法，反复地修改。

43

努力让自己摆脱掉陈词滥调，避免过于口语，不要让别人经常使用的比喻和词句出现在你的作品里，尽量让叙述陌生化，尽管陌生化本身也是相对的。从大的方面来说，我们所描写过任何内容，前人几乎都已经尝试过了，因而我们应该去寻求一种新的感受，对人物或事物独一无二地发现。如果暂时还做不到完全意义上的陌生化，至少可以改变看待故事的角度，仿佛你是第一次步入花园，带着一种新鲜的湿漉漉的目光去打量。这是一种感受上的陌生力量，而非狭隘地将语言置于晦涩的境地。陌生化也不是让你反对传统，只是避免庸俗的表达，将读者带入你亲手为其修建的迷宫当中，可能迷宫也并没有多大的不同，但却能为好奇的人们提供从未体味过的或者意想不到的独特感受。它迫使你去关注如何表达故事，如何写出新意来，而非只是迷恋故事自身的精彩与否。

44

陌生化也是故事风格的一种，它强调的是清新脱俗或别开生面的气场，以及你在艺术上求变求新的胆识。可以追随某个潮流，但永远也不要跟风。当许多作者都在小说中模仿《百年孤独》的首句时，你就不要凑这个热闹了，得想点儿别的行之有效的办法，换个视角，换个语调或结构方式，来确立你的特殊性。有时候我们会误认为只要靠着杰出的感受力来写作就行，没必要想那么复杂，但如果你从不考虑变革，或者去拆解你喜欢的小说家，在你行文的时候，很容易就会掉进他们的腔调和模式当中。这种潜在的影响会让你变得雷同，始终匍匐在前人的脚下，以致变得极度平庸，假若你还意识不到这个问题，还不尝试着去改变现状的话，那长此下去，你的写作就不会有太大的出息。在学习创意写作专业的几年里，我希望你们不要太贪恋一位作家，而尽量读杂一点。

45

故事如果无法抓住读者的心，就算是失败了一半，尤其在你们刚开始写小说时。得想方设法制造紧张感，让人物负重前行，最好在一开始，就让读者提心吊胆，就产生与人物同样的情绪。故事的推进是围绕着人物进行的，故事实际上是回应紧张感的具体方案，是人物解决麻烦的过程，一个精彩的构思，若没有给安排合适的结构，没有让情节环环相扣，没有让读者在绵密的语言里找寻到一种新鲜的热情，就会陷入索然无味的叙述境地。一个并不怎么精彩的故事一样可以写得引人注目，趣意盎然，依靠的是什么？情感的回应。对人物困境的回应，及对紧张感的回应。当故事开始后，就需要去维护紧张感，一直到故事的高潮，让紧张感达到顶峰。高潮可以放在中间位置，也可以放在结尾，我更愿意将它放在后半段，这样的话，读者就可以稍稍缓和一下紧张已久的情绪。

46

写好故事，需要激情，需要想象。内心充满激情，就会有创造动力，就会对万事万物产生一种情欲，一种暧昧而又细小的关注，灵魂在思考中燃烧。就会获得少年般纯真的目光。想象则带着语言飞翔，带着生活翻跟斗，想象其实也是激情的燃烧。激情就是内心的火，你可以死气沉沉，但内心的火不可熄灭，那是艺术创造的生命之火，如果熄灭，就无从创造，在写作故事时，学生们往往会忽略这一点。激情会直接影响你笔下的人物，干预你对情节的设想，尤其从故事开始到高潮节点的推进，有着缓慢的过程，如果失去激情的参与，极可能会写得乏味无趣，就失去了可信度。我是有过这种体验的，仅仅是因为两三个月没有发表小说，便有点着急，就坐在电脑跟前强迫自己写，结果写到一半就写不下去了，就是已经写下的文字，回头去看，也生硬呆板，矫揉造作。

47

写故事纯是手艺活计，但小说不止于此。

故事和现实走得最近，小说却同梦境、鬼神关系亲密。

48

把自我写进人物里，让自我陷入进退两难的境地。

编织新的欲望和道德，是生存还是毁灭，你必须做出抉择。

49

故事源自现实，但更需要虚幻的意象。

意象是想象的火种，是云端的凤凰，赋予故事以神性。

50

无论是未经加工的故事，还是小说，都应站在人的角度，对人物遭受的苦难予以同情。小说是同情的艺术，是理解的艺术。道德评判不是小说的职责，小说的职责更多在于发现，好与现实达成和解，它可以激烈，可以碰撞，但骨血里却涌现着浓郁的爱和怜悯，是温柔矜持的。作小说的人，如果对人物抱有太多的偏见，就容易让人物线条化、扁平化，容易先入为主。

带着偏见进入小说，还何谈在人物身上有新发现？

51

生活往往提供给我们的是琐碎的细节，未必就能发现或捕捉到形态完整、意义非凡的故事。故事并非是在照搬生活细节，而是在重新组合，它需要站在一个更高的艺术空间，用幻想等手段重新打量进入视野的生活细节，抛弃意义不大的和庸常的，留下典型的和具有普遍性的，融入自己的独特思考和发现，重新编织出一个空灵的、充满了幻想色彩却又贴近真实的故事。生活细节转瞬即逝，往往被人们忽略，因为再糟糕的生活，人们总能找到合适的出口。人们并不太在乎这些细节背后的能量。小说家却要用出色的感知放大这些细节，在虚构的人物身上还原这些被人们忽略掉的细节。同生活细节相比，小说细节带着叙述的使命，是夸张的、幽默的、惊惧的、深刻的，它至少在一定程度会揭穿生活的谎言和浅薄的事实。小说家依靠生活细节，但不可屈服于生活细节。

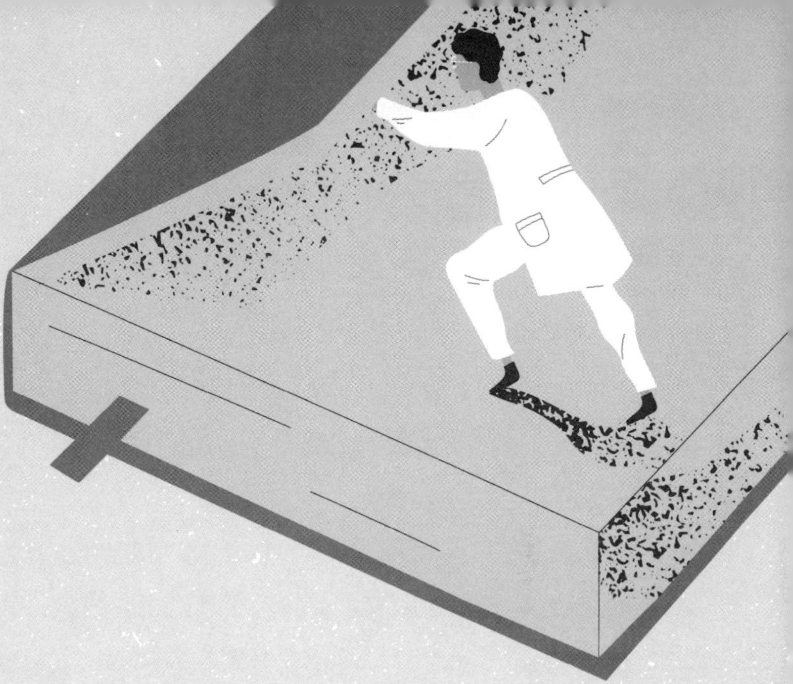

现实

要当小说家，
没有什么比它
更重要

1

小说家阿特伍德站在人群后头，苍白的脸上露出笑意，前面有孩子将向日葵举过头顶，不见太阳，却能看到蓝天和麦田，旗帜在多伦多街头的寒风中瑟瑟发抖。都能听见战火中人类的哭泣声，也都能瞭望得见人们脸上的绝望。2022 年 2 月 28 日，现实赋予我们新的故事、新的情感以及对生死新的体验，让所有人近距离地参与对死亡的想象和窥探。我留意到阿特伍德的帽子，一只脸色发红似陷入愤怒又似陷入对死亡的恐惧中的猫，火焰在远方燃烧，迷途的少年藏在树丛深处暗暗啜泣。一种崭新的现实，被封存在记忆深处的历史与战火，子弹穿过妇女的心脏。当人们睁一只眼闭一只眼的时候，不朽的作家就如同树枝上的夜莺，啼血歌唱，口中殷红的鲜血映照着我们未来的光明，也映照着我们明日的毁灭。现实完全可以忽略掉小说，但小说绝不可以忘记现实的存在。

2

在你们眼里，日子长得如同在上演一场没完没了的糟心电影，多数时候，生活让你们感到疲倦，这是当前多数人对生活的态度。似乎只有在新闻或影视剧里才能看到生活离经叛道的部分，而这也正是你们所渴望的幽默、惊悚、恐怖、探险和幻想。你们就用这些东西来取悦已经失去知觉的身体和心灵，长久下来，便失去了在日常生活中发现美或者写作材质的能力，你们甚至觉得，这只是艺术家的任务，和你们并无多大关系，毕竟人们都是这样过完了自己无趣的一生。这样的话，注定你们将与世间短暂且又寂静的美错过，或许是山谷里尚未被人发现的野花，或许是隐藏在你记忆深处的面孔，也或许是回荡在城市高楼间的哭声。只有清澈的眼睛方能洞察美的存在，美是短暂的，狡黠的，瞬息万变的，当你鼓起勇气寻觅美的时候，美早已消逝在了远山的尽头。

3

都说要深入生活，但实际上，我们无时无刻不身处于生活的旋涡里。深入生活的背后实则在强调着一种观念：尽可能去了解旁人的生活，群体的命运映衬着这个时代的普遍性，与内心相比，或许更为真实，更接近真理或生活的真相。人们坚定地相信文学来源于生活又高于生活，依我看，这个说法并不准确，它在回答文学根源问题的同时，却忽略了贴近艺术本性的一些因素，比如当代生活之外的法则与力量，且令作家盲目地依赖生活，屈从于生活。尽管诸多文学材质镶嵌于生活的缝隙之间，依然不能太过信任生活，多数时候，生活呈现给我们的其实是一种表层的假象，如果以为这就是我们所面对的生活，便与其背后的真相渐行渐远。对生活的质疑与反思，是作家最基本的素养，人云亦云，或听命于生活期望我们所看到的部分，就无法辨识生活深层的荒诞感。

4

总有读者会将小说人物想象成现实里的某个人，甚或是小说家自己，这也无可厚非，他们试图打通现实与虚构的世界，将小说人物和现实人物完美地对应起来，以此满足自我的窥探欲。通俗地去讲，这其实属于一种功利性目的，他们拒绝虚构成分，固执地认为小说就是现实的一部分，是一种更为逼真更为艺术的写实或纪实，因而才会将小说人物和现实人物等同起来。和这些读者相比，小说家写小说时，会尽量回避现实，尽管并不能完全回避，他明白，小说人物仅仅只是纸上的生命，是想象出来的生命。小说人物可能来自现实的启发，但他在文本当中被小说家重新定义，赋予新的使命和欲望，从深层去看，小说家借用这个想象出来的生命并非是在描述现实，而更大程度上是在表露自我隐秘而又幽暗的内心图景。这样说可能会叫读者大失所望，可事实就是如此。

5

学生多次和我探讨方言的话题。我想到曹乃谦的作品，在我看来，他是方言大师，尤其他的长篇小说《到黑夜想你没办法》，令我印象深刻。这部书几乎全是用方言写成的，评论家说曹乃谦的写作，属于原生态写作，但曹乃谦却说他就是个乡巴佬，他只用农民口语和雁北的方言写作。很多人说，方言写作，过于土气，甚至令人费解。但曹乃谦还说过一句话：谁能看懂我的小说，谁就是我的知音。依我看，小说语言土到一定程度就会产生现代性，但为什么很多读者依然无法接受？真正的方言是粗粝的，甚至是恶俗的，却是我们生活的一部分。许多人以为语言就应是优美的，柔软的，美到什么程度都不为过，但问题是生活里只有美吗？或许我们只能透过粗粝，才能洞见美的自身。杨争光曾谈过这个问题：在小说中使用粗话和所谓的脏字，而不显其俗其脏，反而能读出一种趣味，甚至诗意，这需要写作者拥有干净的心、干净的精神和灵魂。

6

小说家都会在生活中寻找素材和语言，但并不代表小说语言同生活语言就是一码事情。相比生活语言，小说语言更为神秘，更富有艺趣，更易将读者带入情境当中，抵达人物心灵。尤其是小说的对话语言，根本不是对生活对话的简单模仿，设若我们在小说中使用口头语言进行人物对话，会很难开展，会觉得格外荒唐和别扭。小说语言是小说家带着独特的体验而创造出来的语言，它并非源于生活，也并非是对口头语言的简单筛选，而是小说家基于人物的一种全新发现，是虚构的语言艺术，背后暗藏着小说家看待现实世界的角度和观点，始终同我们的日常生活保持着一定的距离，不能太近，近了容易俗气，也不能太远，远了容易缥缈。小说语言是虚构行为，亦在成长，不断地同现实发生着激烈的碰撞，若放在 20 个世纪 60 年代，曹乃谦的小说语言就是纯粹的土的农民语言，但在方言正在消亡的当代，他的方言写作就会炸裂出先锋感和现代性。

7

写作是为了发现自我，为了证实活着的意义。将语言看得比什么都重要，将脸上的悲伤藏在月色里，压在石头下面，用羞涩对抗坚硬的日头，叹息显得微不足道，法律在制裁着民众的想象力，邪恶和暴力在挑战着悲悯的弹性，现实无时无刻不在印证着我们的可笑和可悲。语言会不朽，但同时也在被腐蚀，正在日头下速朽，对小说家来说，语言又能改变了什么？能干扰现实世界吗？恐怕只有写才是写作唯一的真理和意义。在语言中，我们创造人物，创造意义或精神，仅仅是寻求通往天堂的小路，赏览原野的寂静，只是为了证实自己还在呼吸，还在荒诞之中祈祷着，渴求着，观望着。就像卡夫卡，用语言建立密室以便藏身，他是柔弱的、羞涩的、胆怯的，他早已洞穿了谎言，他没有反抗，但他却用语言揭穿并摧毁了谎言，“并在失败中让胜利者汗颜”（密伦娜）。

8

小说不仅在拓展着现实的边界，它更是现实上空的太阳，万物得以显露出温情的样态，并被金光包围。我们在虚构的人物背后听见了自己的呐喊，并发现两个不同的自我正在亲密地交谈着。写作小说和阅读小说其实都是在寻找自我的过程，因为从一开始，我们就对世界充满着疑惑，生活的洪流不断在吞噬着我们早已满是伤痕的灵魂。我们需要借助小说找到自我，这个寻找并不单单指寻找我们的起点或出发点，更大意义上是寻找我们与世界之间的关系，是在寻找我们孤独或绝望的缘由。福特·马多克斯·福特说：小说提供了许许多多的人类实例，没有这些托底，灵魂就会在勇敢冒险中失去安全感。这里的安全感可以比喻为夜空下的烛火，梦里朝我们微笑的佛像，在历经数次内心的死亡后，我们再次获得了活下去的勇气。坐在城市拥挤的街头，我们满含幸福的泪水。

9

无法被界定或阐释，尤其是语言里扑面而来的刀锋般的冷峻之气，超越了当前多数人的惯性认知，是好小说的重要标志。这多是源自小说家对现实的大胆幻想和背离。幻想并不意味着完全背叛现实，也不意味着如孤魂野鬼般在荒野里四处游荡，在小说语境下，它是在强调在路上行走的状态，一种开放的精神，意味着在这个短暂的时刻，完全可以从人物身上跳过，不再关注情节发展和人物的喜怒哀乐。也就是从故事云雾里暂时抽身出来，尽可能地摆脱掉那些表面看起来正确的人生经验，摆脱掉乏味的因果关系，不必再接受逻辑的压迫和裹挟。为离奇的语言和情节插上翅膀，让它们飞得更加遥远，让故事远离现实虚伪的语境，让自我在飞腾的过程里感受到强烈的真诚和怜悯。看似混乱，然却穿透事物的本质意义。我在此指明的并非是幻想小说，而是一种可贵的幻想状态。

10

我们总会过度夸大日常生活世俗的分量，以致忽略掉了另一个维度神性的未知面，这个未知面是一个因人而异的变数，同个人的思想深度、历史观和天赋等诸因素有关。一部小说杰出与否，不是由世俗生活决定的，很大程度上而是由这个未知面决定的。世俗生活只是为我们提供了想象的土壤和创作的参考系，它无法提供云层上空的灿烂和辽阔，更无法提供现实真正的价值。E. M. 福斯特认为日常生活由两种生活构成——时间意义上的生活和由价值来衡量的生活，我们的小说写作基本遵从着时间的逻辑顺序，讲述的往往是俗世的生活故事或时间意义上的故事，但这样做，势必要承担相应的后果，即忽略了由价值来衡量的生活。那小说能舍弃时间意义上的生活吗？也就是完全摧毁我们的世俗生活，只去表现价值和未知面，福斯特断言，这种实验，注定失败。也就是说，小说写作既不能抛却世俗意义的时间关系，也不可舍弃深层的价值体系。

11

前面我们谈过，与现实和谐相处，有利于获得宁静的写作心态，但我们其实忽视了一点，过于和谐，同样会错失许多生活细节。至少我已从许多当代小说家的作品里读到了偏见，比如对乡村生活的描写，更多是一种知识分子式狭隘的眼光，要么贬低，要么过分美化，说实话，他们根本不懂中国农民的心理。三五天的乡村采访或者半年的乡下挂职就能解决这个问题吗？我看未必，通过这种方式写出的作品有几部真正被读者认可的呢？生活的多元化和节奏的不断加快，使我们长期瑟缩在各自的小领域当中，对他人命运的漠不关心，隔阂日渐加深，突然踏入一段新的生活，以为自己了解了全部真相，殊不知其实只是盲人摸象，囫囵吞枣，写出来的作品自然难让读者信服。可即便如此，我们依然得走出去，去更多地接触生活本身，了解形形色色、千奇百怪的人生或命运。

12

在我讲课的过程中，学生们其实能听得出来，我不大喜欢现实这个词，但内心里又不得不承认，对于一个小说家素养的形成，没有什么比它更重要。无论骨子里是厌恶现实或者现实主义，都无法离开它的影响，这当然不仅仅指小说里的故事、情节、人物、指向、悬念、叙述动力等，现实在为我们提供一份客观有效的材料，这份材料很大程度上决定了我们的观念、思想，以及对某件事情或人群的看法，当我们聚集了足够多的原材料，也就为我们所要传达的意义找寻到了支撑点。因而，我们才常说，学富五车的人未必就能做小说家，恰恰是那些经历了生活的诸多磨难或是有着丰富阅历的人，更容易做小说家。阅历就是现成的一手资料。这种人不用深入生活、四处采风，也能轻而易举地写出让人无法忘却的小说，托尔斯泰、海明威、路遥、胡塞尼就是这样的小说家。

13

写这些随想时，我将读者假想成我的学生，或者初学写小说的作者，而非是知识分子或已经有丰富经验的写作者。我常告诫我的学生，别把文章当成作文来写，要把文章当成文章，而要写好一篇文章，就要亲身介入、用心感受，无论是描写风景、田野，还是在虚构一个情节。浮在现实表层，或者只是借助别人看待事物的观点，是写不出好文章的，必须得亲知亲历，多方面地开展社会调查或者田野踏察，小说家不能总躺在舒适区里写作，要想写出不一样的东西来，就得有将自己置于旋涡中心的勇气，体悟酸甜苦辣、喜怒哀乐，就得掉一层皮。我不想在此以柳青为例，因为我并不主张那样的写作方式，但同时又不得不承认他的确在乡村生活里找到了活泼的有生机的语言。当你真切地想完成一本书稿却又感到无话可说时，不妨放下偏见，去听听旁人的故事吧。

14

你们可能会以为我说的现实，就是我们的日常生活，就是我们看到的和听到的，这当然是一种误解。现实的背面还依附着非理性、神学和民间传说，也包含支离破碎的如梦幻般的暗物质，它为我们提供童话世界里的纵深，为我们提供同现实主义文学完全不同的色调，身在其中，我们会自然而然地同云烟、巫师、阴阳师等一起升腾到空中，获得一种万分紧张的悬浮感，同月亮给予我们的细密感受极为相似。假若在我们的写作过程中，我们只是遵照我们的日常感受，就完全曲解了现实的真谛，可以说这是一种狭隘的理解。广义地讲，同人类生活紧密相关的事物均是现实的一部分，远古时代的图腾和神话，今天我们依然在信用的民间法术，均在影响着我们的生活和命运。假如我们在书写现实的时候，忽略了它们的存在，作品也必将失去浪漫性、悬浮感和神秘主义色彩。

15

能否洞察现实广阔的一面，取决于是否具备感性或敏感的性情。感性的品质好比暗处深邃的双眼，是感知的基础，也是感知的本质。一位青年作者是否能够成为一名小说家，不看他是否作了多少的练习，背下了多少首唐诗宋词，也不看他是否在上学阶段发表了几篇作品，或者得到了某位作家的肯定，而重要的是看他是否具备敏锐的感知能力和警觉，某种意义上这其实是一种天资，有些人生来就要比他人感性得多，毫无疑问，它是写小说的一笔财富。感性提供给我们具体的感受，以及对事物清醒而又真实的把握，有了这些，我们就可以做到原原本本地还原一些事件或模糊的记忆，它教会我们重新认识一切，重新赋予故事全新的意义，这其中又暗藏着一个从现实向想象世界飞跃的过程。所以说，感性或敏感的性情，也是想象的前提，没有感知，想象也就无从谈起。

16

黑夜降临，是为了等待太阳；放声大笑，是为了迎来泪水；在语言与现实间搭起桥梁，是为了俯瞰灵魂。我们活在漫无边际的虚空中，进则跌落山谷，退则两耳昏昏，双腿沉沉，被河水猛然卷走。巨大的荡漾。

如雪走荒野，枯枝凋落。

17

有时会无缘无故地厌恶自己，坐立不安，心神忐忑。生活里的自己，双翅被重重捆绑，胆怯懦弱，个性阴柔，缺乏阳刚之气，不够洒脱，没有足够的勇气去冲破道德和制度的约束，这样说，其实非常矫情，障碍实际上是自己给自己强加的，并没有谁能真正绑架了自己的心。我向往离群的生活，在风光秀丽的山谷里安静写作，却又害怕那种回响的寂静，此前我曾试过在野地里独自待上一夜，但还未到凌晨，野地的风声就让我心头发怵，昏暗中，槐树被摇得东摇西摆，悬崖下面传来一声声的嚎叫，只好作罢，连忙返回家中。不写作时，身处纷纷扰扰的各种关系圈中，有时会感到失落，有时也会获得许多的快乐。大概只有面对心头的故事时，才能回归到平静清澈的状态中，可坐在电脑前，又会不由自主地胡思乱想，许多念头浮现出来，正经的写作时间似乎并没有多久。

18

和小说相比，生活毫无秩序可言，它充满着非理性的、不合逻辑的、疯狂的因素，从不需要稳定的结构和线索。所谓的日常的生活轨道，完全是我们自己选择的，或者说是自己为自己设定的，以让身体和灵魂平静下来，更好地安居。我们是活在自我的假想当中。看得清未来，只是表面现象，事实上，未来永远是一个巨大的黑洞，深不见底，谁也不知道会发生什么。好的小说也许能够预见一些将要发生的事实，但也只是涉及很少的一部分。

小说在整理我们的生活和其中大大小小的事件，也可以说，是在整理我们纷乱的生命。小说必须有结构，就像衡量生活时，必须有时间概念一样，所以小说人物的生命一定是辉煌的，是光芒四射的，是富有质感的，是能够感知到死亡存在的。当我面对人物，我会让其处于艰难的处境当中，会去逼迫他直视生活无穷的尽头和强光。

19

长久以来，小说被人们严重轻视，甚至看扁。《汉书·艺文志》云：小说者流，盖出于稗官，街谈巷语，道听途说者之所造也。足以看出小说在以往人们心中的地位。今天我们似乎已然将小说拔到了一个前所未有的高度，谁也无法离开了小说，不夸张地讲，不读小说的人，是不愿直视内心且格外不幸的人。但与此同时我们又不得不承认，在多数人的眼里，小说依然是提供消遣的小玩意儿，上不得台面。前不久在西北大学，一位研究明清小说的老先生讲，他曾被一位物理系教授当面质问研究小说的价值，在这位教授心中，明清小说大多是些邪门污秽之书，满纸荒唐言，句句胡编乱造，研究这些东西，有何益处？老先生讲，后来每逢碰上这位教授，他都会低头急速经过，免得再被丢笑。这并非玩笑话，而是小说的现状，人们一边享受着它的美好，一边又冠以其恶名。

20

难道小说命里就轻贱吗？就该不入流吗？这完全是人们根深蒂固的偏见和浅薄的认知造成的，持此观点者大多是些实用主义者，被理性思维捆绑，评价任何事物，总以其实用价值的大小来判定。他们阅读小说，只看他的主题和中心思想，只去考量小说表达了什么观点，假若小说里没有揭示什么、反映什么，或者再现了什么，他们就会失望透顶，认定这就是没有价值的玩意儿，他们很少从美学、人性的复杂性、结构学或者叙述的创造性等方面来考察小说的价值。在他们看来，小说只是一种再现生活的媒介，一种或取悦读者或为权利服务的工具，只能粉饰现实，并不能再造现实。这并非全是他们的过错，因为他们读到的大多当代小说都是这副模样，他们很少看过以往的伟大小说，根本不知晓小说本质上是对抗的，是同情弱者的学问，是具备批判性的悲剧艺术。

21

我出生在一个迁徙时代，这样讲，毫不夸张，在我记事时，身边的许多人都怀揣着亮闪闪的发财梦，坐着那时我尚未见过的绿皮火车，去了广州、深圳、东莞和佛山。隔山差五地，就有一批人南下打工去了。我忘记了我第一次见到绿皮火车是在什么时候，但当时的感受是深刻的，模模糊糊中，我站在满是铁轨的路边，火车鸣笛的声响灌满了我的耳朵，看着渐渐远去的火车，我心里也无比渴望跟随着人们一起去往南方。那时候，村人都在传，广东遍地都是黄金，只要去广东打工，就能发大财呢。我天天坐在树杈上，望着南方的月亮，在脑海里虚构着南方的模样，想象着南方铺满了黄金的城市街道。十五岁前，我一直生活在对南方美好的幻想中，也是在这漫无目的的幻想中，见证着村庄的荒芜。南方逐渐掏空了我的村庄和想象。这也是我在写作中一直面对的现实。

22

面对现实，我常有一种直视太阳时睁不开眼的感觉，内心充满着深深的焦虑和困顿。回到故乡，村庄日渐荒芜，曾熟知的老人纷纷离世，麦田里每隔一段时间就会多一个堆满新泥的坟冢，许多小孩已经不再认识我，我似乎也成了这里的一个过客。返至城市，日日在盖楼，夜夜在变化，这里没有我的亲人和熟悉的土地，没有我的血脉和想象，我是街头的孤魂野鬼啊。我恐惧人群和社交，恐惧复杂的人事关系，不愿出门，又不得不出来，我的灵魂无时无刻不在暗自啜泣。写作解救了我，让我找到了一条通往童年的小路，我在虚构中同人交往，在虚构中体验死亡和遗忘。村庄里那么多的人都被彻底遗忘了，那么多的故事也被风吹散了，那么热气腾腾的生活也逐渐在寂静中死去。只有文学能够记住他们，也只能在小说里去陈述我们的过往、现在、死亡和无限的恐惧。

23

如果对生活没有冒犯，小说就将如同被雷电击中的树干一样，在风中寂然死去。我们生活在巨大的差异和不平衡当中，生生死死，既悲又喜，生命不断地被修正篡改，却只能小心地活着，而小说家的天职就是替众人放大身上的伤痕，唤醒人们麻木的精神，以看清自我的处境和内心的动荡。小说无时无刻不在反思着现实和我们的日常生活，它是生活的天敌，这也就导致了许多人不敢面对小说和小说家，因为害怕小说戳穿了他们编织的美丽的谎言。把小说形容成匕首，是不妥当的，它与现实并非是针锋相对的关系，而更像晨光，在黑夜弥漫的时刻，忽然照亮大地，让万物都显现出自然的状态，赋予生命新的活力与生机。它为受伤的人疗伤，为幸福的人留存美好的瞬间，为失意的人找寻新的希望，为堕落的人铺垫堕落的理由，为愚弄大众的施谎者递上“文明的毒药”。

24

捂住伤口，独望冷月，是一种命题。

让爱的火焰在冬日里熄灭，是一种命题。

虚假的，涣散的，不安的，干涸的，懊丧的，同样是一种命题。

25

小说活在语言里，它同现实的距离，就是大地到星空的距离。

含混不清，模棱两可，它像娇羞的少女一样低垂着眼帘，背对现实，是一种时刻要逃离的状态。只在月色轻柔的夜晚露出纯情的笑。

26

阎连科曾在国外一次演讲中谈到他的追求：为折断了翅膀而奄奄一息的麻雀来疗伤，为濒临死亡却还坚忍地活着的麻雀的生命而开口高歌。对应的他还谈到了在天空自由飞翔的小鸟，并将这称为另一种不能忽略和不能否定的现实，多数时候小说家和诗人会选择赞扬天上的小鸟，而忽视了在泥沼里挣扎着的麻雀，毕竟这样做，写作会格外安全，而且充满着诗意和浪漫，读者也更能接受。而选择为折断翅膀的麻雀疗伤，就意味着自己也得陷入泥沼，陪着麻雀经受同样的苦痛和磨难，意味着要离开写作的舒适区，直面现实中的暗处。那暗处，有底层热腾腾的生活，有美好的和肮脏的，有爱有恨有欢喜有眼泪，直视现实的暗处，需要和现实发生摩擦的勇气。并非是要求小说家都去关注暗处，而是当多数人都去选择赞扬飞翔的小鸟时，提醒我们不该忘记地上挣扎的麻雀。

27

小说如果没有对悲苦半点的怜悯，小说就失去了自由，远离了真理，就无法进入真正的高尚，尤其对于今天的现实而言。我们冷漠自私，尽情纵欲，只关心自己的那点儿不痛不痒的小情绪，不再为饥饿流泪，不再为不正常的死亡和逮捕感到不幸，不再为无助默然流泪，我们无耻地享受着堕落的光荣，以为这就是生命根本的意义，我们早已在罪恶的白光中死去了无数次。可我们以为这就是伟大的小说，伟大的生活。我们丢掉了最核心的东西，那就是对群体普遍的爱。爱会带来光明么？会救赎我们腐烂的正在散发恶臭的心灵么？我们竟然以为爱是愚蠢的荒谬的自命不凡高高在上的，我们真是一帮混蛋。如果世界最终被摧毁，人类最终要消亡的话，那世上只能留下一样朴素而又清澈的东西，那就是爱。无私的不计前因和后果的爱，它超越身体和族群，直抵宇宙尽头。

28

写作是为了救赎自我和他人，而非将人们带到绝对的黑暗中，蒙上双眼，并推入万丈深渊。小说家尽管看待现实的眼光是悲观的，但写作让他重建了生活的美学秩序，理解了生活，谅解了人们的欲望和罪恶。对我来说，写作似乎成了唯一的无可奈何的选择，我不知道除了写作外，自己还能干点什么，我的沮丧如同北风一样，说来就来，将我浑身浇透。只有写作时，我才能和人们友好相处，明晰他人的意图，神经松弛，我完全分裂成了两个不同的自我，一个在现实的处境中跌爬滚打，碌碌无为，一个在写作的语境中浴火重生，我用写作释放内心的恶念，助我像一个古时的英雄一样舍己助人，行侠仗义。写作替我拂去了昨日的忧伤，并不断带来明日新的期待。小说看似和现实势不两立，实则是水乳交融的关系，它让我们在幽暗寂静的坦途中看到了理想的幻灭。

29

如果说文学里存在着一个整体世界，且因写作而变得真实且完整的话，那我们不应该只是去呈现其客观的部分，了解到的部分以及现实的部分，更应该涉及与客观所对立所矛盾所对抗的唯心论的部分，主观的部分，被灵魂之光暂时遮掩的部分。这也就决定了小说家一生的使命，是在呈现一种模糊的现实，一种真实的假象，一种虚假的真实，一种客观与主观之间的联系，在这个意义上，小说家若要展示现实的客观性，就必须毫无保留地穿透自我，对自己进行最严格的查问和审判，就需要将自己的意识世界完全地展现出来，以唯心映照唯物，以自我的暗影去介入现实，介入客观，最终达到艺术上的平衡点。也就是说，小说家先触摸自己的心灵，才能触摸外在的世界，先要找到自己，才能找到虚构的人物，我们的目的很明确，就是要让自我和现实统一，并建立联系。

30

来谈谈经验，因为常有读者问到这个问题。问：你年纪不大，为何会有那么多故事可写？言外之意，阅历尚浅，入世不深，写作必定受限。他们的潜意识里认为作家只有非凡的经历，才能引发非凡的写作，比如司马迁，但其实深层里是混淆了经验和经历这两个概念。普鲁斯特和卡夫卡又有着多么不凡的经历呢？对写作而言，经验比经历重要得多。经历可以是经验，但经验绝非经历，经历是一种体验，一种参与的过程，但体验或参与，未必就能引起深入的感受。有着不凡的经历，若小说家未能有所触动，未能有新的发现，那经历就无法构成经验。经验在强调经历的基础上，还在强调小说家敏感的神经以及细微的感受、顿悟、反应。比如家庭的变故，若未能引起你对过往的深思，未能让你辗转反侧、彻夜难眠，那变故就是无效的，就被淹没在了记忆的浪潮里。

31

我们无法回避现实，这一点毋庸置疑，难度在于我们该如何回应现实，或者说该如何回应这个时代整体的情感思潮。这个回应，是否包含顺应的意思？顺应不是迎合，而是替代他者表达一种群体情绪，至少能让多数人感同身受。从这个角度理解，回应包含着顺应，回应当然还有另外的一个意思：回答。即替代他者回答造成这种群体情绪的根源。小说家当然没有力量解决时代问题，但至少该清醒地认识问题的本质所在，这永远都是小说家的光辉使命。顺应也意味着力争在小说中消除现实中的隔阂和差异，让身份悬殊的两人能够彼此理解，同情对方身上的苦难遭遇和悲苦，意味着小说家要设身处地地为人们着想，能够不自觉呼吸这个时代的愁绪和快乐。我们现在的小说文艺腔太浓了，片面而又主观地摄取现实镜头，未能将泥沙俱下的生活完整地反映，这是一大缺失。

32

换句话说，在回应现实的过程中，我们过分地强调小说的艺术性，以致在材料的选择上过于精致，过于谨小慎微，只挑选在我们看来能够击中读者的生活部分，这样一来，势必就忽略了那些无聊的、平庸的、乏味的、空洞的、重复的事情。我们以为我们在靠近生活的本质，实际上却同生活渐行渐远。毕竟构成我们生活的更多是后者，而非前者。前者是偶发的，后者却是生活的常态。不得不承认，这是今天文学读者越来越少的一个重要原因，为什么读者喜欢读范雨素、陈年喜、余秀华等人的作品？他们在表现事实的时候，极少进行所谓的纯文学意义上的艺术选择，而是真实全景式的书写，提供给我们的是可信的情感样貌。我并非是在全盘否定文艺腔的小说，只是在表达一种失落。可现在就是这样的作品却常被评论家吹上天，真想用木棒敲掉他们那金光闪闪的牙齿。

33

对当前文学生态的失望，并非只是我一个人的感觉，也并非只是行内部分人的感觉，读者群体同样在流露着这样的情绪。无论今天的文学取得了怎样光辉的成就，我们都应该对当前的整体创作进行反思。是否有自娱自乐的倾向？是否有过度吹捧的倾向？作家们争着拿奖，评论家只说好话，不谈瑕疵，尤其对名家新作，但凡出版，就一个劲儿地吹，生怕大众不知道似的。对新人视而不见，把名家像孩子一样宠，这是一种趋势，长此以往，我们以为创造出了伟大的文学，可实际上呢？有多少读者买我们的账？无论我是客观，还是偏激，事实就是今日的文学被冷落，甚至被遗弃。同以往的文学相比，今天的文学失去了力量感和飞扬的姿态，软绵绵的。这恐怕是我们自己酿成的恶果。当多数读者纷纷舍弃我们的作品时，无论是我们写作者自己，还是评论界，都该面壁思过。

34

小说和散文不同，更在意它的形式，可尽管如此，小说同样需要散文式的真情和质朴，这点恰恰被许多人忽略掉。真情意味着真实地直面现实，不欺骗，不伪造，质朴意味着表达上有天真烂漫的一面，意味着精神内里的纯洁，有人道主义精神，有人性的亮色，有抵达自由的温柔感。

35

事实上我已成为精神上的流亡者，不愿跟随潮流，不愿回到过去，甚至距现实语境也愈加遥远，这种境况下，个体是虚弱的，语言是无力的，根本无法囊括现实，这恐怕是我们引以为傲的语言自身的缺失，或者说是小说自身的缺失。语言可信吗？语言是否也存在欺骗？有时在现实面前，语言显得过于深情、暧昧或含混，以至遮掩了本该被关照到的事实。我们已认识到生命的短暂和脆弱，尤其在青年阶段，容易迷失在潮流和语言当中，而忽略了现实自身的悲苦以及众生的苦难，自觉或不自觉地丢掉了愤怒的、忧郁的、自省的、怀疑的、批评的精神与信仰。至少要不断地离开原地，离开便意味着改变，意味着逃离密不透风的外界的声音，保持一种警觉而又干净的状态。当语言被赋予了过多的激情、想象、感觉、风格时，语言是否还有自由可言？语言就是我家门前的椿树。

36

不存在沦落，一如不存在视线。

视线里的是局部在自然界的消隐，是幻影燃烧后的黑灰。我们时刻都在被眼睛欺骗，被视野蒙蔽，在找寻皮影般的狮子哗哗闪动的童年中，我们追随的是语言，是一堆符号，是空荡荡的词句。我们让位于想象，止步于隐喻的屏障，企图得到现实的宽慰和谅解。可至少从椅子的叹息中，从荒漠悲鸣中听得出来，一切的努力、挣扎、恐惧和苦痛都只是一场徒劳。

37

从黑暗中挣脱，在光明中隐遁。

38

热闹散去时，小说刚开始。小说也看现实的热闹，但不凑热闹。小说是孤僻的少年，藏在母亲身后，透过人群缝隙洞悉一切。情绪就像生铁，月光下闪烁出冰冷的银光，无论或喜或忧，默不作声，俯身喟叹。对热闹的淡漠，犹如隔岸观火，并非是指向撤离，而映衬着一种无边无际的嘲讽。

39

写作，以证实自我的存在。

除此之外，还能找到别的途径吗？我找不到。

40

我是个孩子，从未长大过。除了在现实里。

我活在蜗牛壳里，活在它早已逝去的梦里。

41

在小说里，重复其实也是一种道德，它象征着一种坚固的符号、坐标或看待物象的角度，意味着你在很长时间内思考同一个问题，以不同的形式、角度还原同一个场景、人物、记忆、历史和童年。一位杰出的小说家，一生当中表达的命题不超过三个，这是我一贯的偏见，因为他清楚，尽其一生，也未必能将一个问题表达透彻，也未必能找到一种别致的表达方式。杰出的小说同样呼唤杰出的读者，杰出的读者会嗅到小说家细微的变化，会感知到小说家灵魂的边界。糟糕的读者会忽略这些，只会一味地指责。他们更适合读口号和哲学书。

42

小说试图重新阐释道德，但万不可宣扬道德。

43

强调现代性，并非就要绕开现实、排斥现实和现实主义，也并非完全就得沉浸在感觉当中，脱离客观的真实。在小说的叙述中，无论我们怎么写，可以说都是在历险，面对未知和现实的黑影，如果一味地用一种形式刁难或苛责另一种形式，恐怕是极不合理的，也是极不公平的。这当然也包含了现实主义对现代主义的刁难或苛责。无论是强调语言的律动和词句的音质，还是强调通过此种方式构建起的叙述语境，都是在揭开现实的木塞，以让里头的东西汩汩涌出。感觉、情绪与它们的土壤是挨在一块的，相依为命的，它与我们的眼光有关，让故事完整或不完整，让现实浑然一体或支离破碎，让语言干练或怪诞，全然取决于我们的心境。无论是哪种选择，它们只同文本里具体的语境有关，脱离了语境，它们也就失却了原本的含义，失却了生存的土壤，变得毫无意义。

44

在愤怒的夜晚，你是干瘦的月牙，是原野上的雪。

我们寄生幻觉里，毫无保留地拥抱眼泪。生命也是一个幻觉，它有时在黄沙漫卷的天上现出模糊的面影，有时被风卷走，不知下落。我们在等待，等待一个词语，一个征兆,一个濒临死亡的水滴，生活在压榨身体，也在压榨着想象。如果可以短暂回到过去，人人都会成为英雄，去找时间算账。

45

燕雀是天空的受难者，野兔是大地上的受难者，灵魂是肉体的受难者。受难是精神内在的呼吸，是向现实边境的逃离，是认清处境唯一可信的途径。受难者都是清醒的人、善良的人，受难让人难熬，却是精神的食粮。

46

昏暗的日子，秋雨还在落，大雾遮住了山脊。我站在石桥下面，听到的却是绝望的哭声，眼泪汇成了历史的河流。眼泪是真实的，无用的，更是空茫的。人总在悲愤的时间里跪倒在地，在无眠的夜晚里心如死灰。

47

谈到魔幻现实主义时，学生问了我一个问题：魔幻与现实的界限在哪里？的确是个极好的问题，但我并不觉得二者间存在着清晰的界限。说到底，魔幻现实主义也只是一种现实主义。马尔克斯本人也从不认为自己是什么魔幻现实主义作家，要我看，与其说马尔克斯是魔幻现实主义作家，倒不如说是一名讽刺现实主义作家。读者和许多评论家将他的叙述认定为魔幻风格，但或许在小说家的眼睛里，他只是在处理赤裸裸的现实。他并未为了魔幻而魔幻。现实自身就有其魔幻的一面，如果刻意达到魔幻的效果，现实就失去了真实性，就会扭曲变形。换句话说，魔幻只是现实的一部分，魔幻的风格，是基于现实表达的真切需要，它并非是一种简单的技巧或策略。魔幻和现实是不可分割的，是捆绑在一起的。现实可以离开魔幻，可以独立存在，但魔幻显然无法摆脱现实。

48

直视星空，泪流不止，才能看到真实的自我，才能听到焦虑的、不安的、脆弱的、颤抖的心跳声。面对生活，我常跪在埋着亲人的土地上，啼血彷徨，只有将自我逼入现实的绝境中，头破血流时，才能感受到深层的疼痛。在这样的紧张关系里，我能找寻到一种平衡吗？我真是愈发地胆怯了。

阅书

进入不曾感知过的陌生地带

1

设若要在小说上有所创造，就需要有非凡的见识和广阔的阅读，肯定会有人拿天才作家来驳斥我，他们觉得，对于天才作家而言，见识和阅读量往往是无效的。但至少目前来看，这样的天才作家，我并没有遇见过。从练笔阶段常遭退稿打击的青年人，到成为一个具有着广泛影响的小说家，必然要经见诸多旁人所不能理解的隐秘灾难。灾难可能来自于内心和自我，也可能来自周遭与外围，是一种细密的时代变化。要抓住这些变化和模糊的感受，就得多方面去了解前人为我们留下的精神遗产，并非是要站在他们的肩膀上，而是在汲取了他们的养分后彻底推翻他们，以找到最合适表达自己的口吻和语调。阅读并非是在寻找写作的可能，而是在审视其彼岸和对立面。过分迷恋某个作家或者拙劣地仿效其叙述手段都是愚笨的方式。阅读的重要目的是更清晰地认识自己。

2

所有伟大的小说都是在认识人性，或者说，是在重新阐释人性幽微处那尚未被人们理解的部分。现实是小说的土壤，没有一个人能够完全从现实中逃脱，这也就注定了小说家的命运，时而在现实中观望，时而在虚构的领域里幻想。别妄想完全丢掉现实，也别妄想躲在虚构的胡同里完全理解现实的部分。在虚构世界里，小说家都是自恋的，他只爱笔下的人物。小说家只对表达负责，对塑造的人物负责。小说家是一名匠人，他背负不了那么多的道义。小说是自由的，也是表达自由的，但并不意味着小说就没有任何的约束。相反而言，小说需要约束，需要某些方面的限制。比如结构的约束，情感的约束，甚至还有韵律的约束。小说就是一种约束的艺术，受限的艺术。更为重要的是，小说需要阅读的唤醒，需要与伟大的阅读始终保持着联系。阅读会唤醒那些沉睡在体内的念头和灵感，也会唤醒对小说的热爱。读伟大的小说，未必会写出伟大的小说来。但有一点是确信的，抱着三流小说不放的小说家，注定难以写出一流的小说。

3

要珍视阅读所带来的陌生感，但这点往往被多数人忽略掉。我身边的许多青年作家，痴迷于大众所熟知的尤其是本土涌现出来的杰出作家，阅读这些作家会让他们有种强烈的文化认同感，其间的方言俗语、描写对象、风土自然，甚至其中的玩笑话和下流话，都让他们有种久违的熟悉感，无论如何，这都让他们感到惊喜。青年作家无比渴望写出那样的作品，他们从内心深处无法接受同自身有着巨大文化差异的作家，极力排斥西方的虚构作品，总觉得那些作品不够真实，不够切合他们所身处的现实，甚至只是一些过分追求技法的玩意儿。长期下来，他们的阅读品位和习惯便被篡改，仅满足于阅读身边的与同时代的作家，这其实是无比危险的事情，因为我们的阅读并非只是为了认识当下的或熟悉的人和事，而是要通过语言的隧道进入一个我们从未感知过的陌生地带。

4

卡尔维诺在《为什么读经典》一文中从多个角度对经典作品

进行定义，其中他谈到：经典作品是这样一些书，我们越是道听途说，以为我们懂了，当我们实际读它们，我们就越是觉得它们独特、意想不到和新颖。换句话说，经典作品经得起反复阅读，具有着多重解读的可能，于是我们不得不阅读经典。阅读经典其实是一个老生常谈的话题，平常只要听到长者告诫青年人要多读经典的话，我就头脑发涨，昏昏欲睡，说实话，恐怕他们也未曾读完多数的经典作品。以我阅读的感受来看，我并不建议青年人盲目地追随他人的阅读习惯，对别人有着重大影响的经典作品未必会调动起你的兴趣。不要轻信别人给你推荐的经典书目，而应在更大程度上去发现属于你的经典作品，这就需要有一双能够发现新的经典作品的眼睛。

5

许多人以为叙写时代困境和民族命运才是小说家的职责所在，我们当然不能否认这一点，比如托尔斯泰和肖洛霍夫，他们都是所身处的那个时代最辉煌的小说家。可小说家并不因所关注层面的高低而论成败，尤其在今天，我们正置身于一种巨大的现实差异当中，生活每日都在上演着难以预料的戏剧冲突，热点事件轮番上演，令人应接不暇，小说家常常会感受到莫名的失落和无助。有些东西并非那么容易就可抓取进小说里。经常会有评论家从文本所关注的时代广度上，批评青年小说家视野逼仄，极少去思考并书写时代的深度变革，这实在是一种误会或偏见。简·奥斯汀并没有写过法国大革命和拿破仑战争，她终其一生都在写家长里短和琐碎的日常生活，她擅长用辛辣的笔调讽刺人性的贪婪和虚荣，她从未写过什么宏大主题，却不影响她是一位伟大的小说家。

6

有段时间，我对奥斯汀的喜爱几乎达到了痴狂的境界，除了阅读她的几部长篇小说之外，就连她的信札也都找来读。在人物形象的刻画方面，她的确是一位技艺精湛的小说家，看似冗长杂乱的描述或对话，却精准地将人物的秉性和特点展现在读者面前，尤其是在讥讽方面，她从不吝啬笔墨。《傲慢与偏见》中的班纳特太太和咖苔琳夫人并不是小说中的核心人物，却在每次登场时，都会给人留下深刻的印象，奥斯汀喜欢用简洁明了的语言，将她们的势利、自私、轻率和愚昧淋漓尽致地呈现出来，与其说这是奥斯汀在对小说人物表明自己的看法，不如说这是她对当时的普遍人性所发表的一种批判态度。她笔下的女主人公均有着坚定的个性和不断对自我进行反思的品质，正因如此，她的小说里才出现了一个新的女性世界，让我们体味到人性更多的可能与复杂态。当然，更不能忽略的一点即是她的小说里还有着一种天然的幽默感，以我的阅读体会来看，毛姆就很明显地吸收并发扬了奥斯汀小说里的讽刺和幽默艺术。

7

准备一个充满着欲望的主要人物，是踏入小说宫殿的首要环节。人物有了欲望，才会有所行动，有了行动，故事才会推进。堂吉诃德对骑士理想的渴望与追逐，正是他内心深处的自发欲望，欲望在他胸腔里反复翻涌，才使这个愁容满面的、瘦削的年轻人，跨上老马，拿起长矛，戴上头盔，踏上疯狂的冒险旅程，去当游侠骑士。堂吉诃德荒谬的欲望注定他会成为一个悲剧人物，阅读小说前两章我们就能料想到他未来的悲剧命运，却依然还会跟随塞万提斯繁琐的叙述阅读下去，我们对欲望所带来的麻烦事情有种天真的窥探欲，尤其是对悲剧人物命运的关注度。和堂吉诃德一样，福楼拜笔下的爱玛亦是一位悲剧人物，她对爱情的浪漫幻想，使得她始终活在彩色的泡沫中，最终吞下砒霜死在了丈夫的面前。我并不知晓欲望是如何诞生的，却始终坚信它是一种真实的历史。

8

堂吉诃德和爱玛是悲剧人物吗？突然觉得这样概述他们极不妥贴，因为我内心分外喜欢他们，甚至敬仰他们对待理想和爱情时飞蛾扑火般的行径，如果换做是我身处在他们那个时代，我也愿意向堂吉诃德或爱玛一样，为美殉葬。旁人觉得他们是失败者，是可笑可悲的家伙，但他们却像夜间的微火，活出了独属自己的精彩与灿烂。换句话说，他们是在朝着道德观念相反的方向漫步，展现了理想主义者身上最后的一丝光亮，向生活低下头颅的人永远也无法理解他们的勇气和力量。我从不觉得塞万提斯用如此大的篇幅只是在写一个可笑的人物，他很可笑吗？我更愿意相信塞万提斯是借助堂吉诃德寻找几近消亡的骑士精神，一种富有生命力和侠肝义胆的精神，甚至是在借机讽刺那些嘲笑堂吉诃德的人。当代小说中极少再有堂吉诃德式的为理想献身的人物，小说家在写失意者时，也更多将原因归罪于现实生活和时代的重压，不得不说这是一件憾事。

9

清明过后，山脊渐绿，林丛间柳絮飘飞，鸟声尖脆，天气燥热。窗外农家庭院里的梧桐均已开花，虽尚未抽出绿叶，但满树粉紫色的桐花在风中摇曳，煞是可爱。接连数日，我坐在窗前，耳闻春雷的响动，沉浸在阅读《包法利夫人》的愉悦当中。春天的这个时段，适合阅读长篇小说，沏杯新茶，清香扑鼻，对人物的命运最能感同身受。福楼拜几乎是用最精准的语言虚构了爱玛的形象，她灵魂深处的痛苦，对爱情与美好的向往，都被刻画得入木三分，但令我感兴趣的不仅仅是这些。李健吾的翻译让我如痴如醉，他擅用短句，词意精确，几乎每个段落都有回味的空间，很大程度上，这正是汉语自身之美。福楼拜追求的自然之道和想象余地，被李健吾用朴素简洁的短句传递殆尽。市面上现在有多种《包法利夫人》的中译本，但唯有李健吾的短句，最传神，最具文采。

10

若将重心放在小说主题或者表达的意义上，就会忽略更为重要的东西。尽管事实如此，可人们在阅读小说时还总是首先去猜测它的主题，甚至许多青年小说家在构思小说时也会先去考虑故事的意义，这其实是极其荒唐的做法。认为小说所传递的思想大于小说本身的人，都试图为其附加更多的道义和法则，以此来捆绑人性和法则。人物永远都是小说的灵魂，没有性格突出的人物，思想和道德便毫无意义。文学史上也有轻视人物的小说，但那样的作品大多装腔作势，故作高深，乏味冗长，读者极难进入。鲁迅深谙故事内核，他虚构的孔乙己、闰土、祥林嫂、阿 Q 等人物，近百年过去，依然活在我们的世界。我也并不觉得福楼拜在《包法利夫人》中表达了怎样深刻的思想，相反，我认为，福楼拜在刻意剔除思想，他想方设法忘记自我，好让心里只装着爱玛和包法利先生。

11

经典小说的开头总能给我们留下极为深刻的印象，比如《安娜·卡列尼娜》《老人与海》《百年孤独》《双城记》《失明症漫记》《水浒传》和《我的名字叫红》，各有特点，极具辨识，但对我震撼最大的并不是它们，而是卡夫卡《变形记》的开头：“一天早晨，格里高尔·萨姆沙从不安的睡梦中醒来，发现自己躺在床上变成了一只巨大的甲虫。”最初读到这个开头，还是在我狂热于诗歌创作的大一阶段。人怎么能变成甲虫呢？我百思不得其解，甚至觉得卡夫卡是在瞎写，我尚不能够理解这句话背后的能量。毕业后两年，一个夜里，我重新翻开《变形记》，读得心神发慌，额头冒汗，我突然觉得我就是格里高尔，孤独如巨石一般压在我的身上，根本动弹不得。那段时间，工作繁重，写作也找不到方向，常常失眠，是我自身的困境帮我撬开了这句话的铁锁吗？

12

我几乎阅读了卡夫卡所有的作品，我从来不觉得他是一位天才作家，尤其是将他和马尔克斯、科塔萨尔、三岛由纪夫等人放在一起比较时。后来我之所以对卡夫卡产生了兴趣，是因为在许多时刻，我都能够设身处地地感受得到卡夫卡内心的绝望、痛苦和绵稠的孤独情绪，当然还有个人命运的渺小和轻盈感，但他不像赫拉巴尔一样呐喊，不曾企图让人们理解他的孤独，更不曾想着去过度宣泄恐惧和无望，在他的任何一篇作品里，孤独是起点，也是终点，淤积着他对这个世界所有的悲愤，所以他才会将令常人感到匪夷所思的事情写得那般自然。卡夫卡是感伤的、失落的，但他是站在高处俯瞰人类的整体绝望吗？我不能苟同这样的观点。依我看，卡夫卡在叙述当中接受了他的命运，接受了以往令他难以忍受的事实，他无法离开孤独，也必须同孤独和谐相处。当卡夫卡写下那句开头时，他肯定不曾觉得有什么荒诞的地方。这是他真实的现实和处境。

13

漫山青翠，雨声霖霖，山峦绵延起伏，如染青黛。前几日还热得厉害，一夜过去，地皮濡湿，气温骤降，雨中的鸟声更加悦耳，睡了一冬的终南山正张大嘴巴吸着春天的湿气，越往远处，云雾越厚，四处缭绕，宛若仙气在山上滚动。此番情境，适合野外踏青，或坐在溪水旁听水声，或撑伞靠在石边阅读，或顺着野草丛生的小道，寻觅山间不知名的鸟兽。自来西译，心性渐缓，阅读效率也比以往高出许多，住在山脚下，风景秀美，民风质朴，若不遍览群书，岂不浪费了这山色？昨天在图书馆作了调查，开学至今，文学书籍借阅量之少，实在超乎我的想象。很多青年人甚至对托尔斯泰、歌德、卡夫卡等人已心生厌倦，这是多么可怕的事情。一个只知关心时事却不阅读经典作品的人，可能会发表深邃的令人心潮澎湃的观点，但永远也不可能成为一名杰出的小说家。

14

我始终以为，一个人面孔的变化，绝不仅仅只受环境和气候的影响，更重要的因素，可能正是出于那些我们看不见也摸不着的事物的影响。阅读就是一个关键因素。我自己之所以成为今天的我，完全得益于阅读的塑造。我读书很杂，而且很多读过的书，都是出自偶然。去年时，我曾将史铁生和陀思妥耶夫斯基放在一起对比着读。《病隙碎笔》就像闪烁在夜间的火光，幽暗深沉，它让我看到了一个作家孤寂的内心世界。史铁生对生命、爱情、上帝、困难的追问，显示出他内在的独特性。陀翁的每本书其实都是在写他自己，他把痛苦、寂寞、矛盾、欺诈、背叛、仇杀、恶心全都写进了小说。他没有妄想写下整个世界，他将所有的矛头都指向了自己的内心。在艺术的领域上，这确实是一条十分危险的路径，因为没有一个作家愿意与自己内心深处的恶魔斗争。

15

职业小说家也有瓶颈期，只是时间的长短不同，对有些人，可能只是一小阵或者一半天，而对另外一些人，或许就是几年，甚至更长的时间。小说家进入瓶颈期和中年女人进入更年期的情形差不了多少，易怒烦躁，神魂颠倒，很难坐得住，就算坐得住，数日过去，一段话也写不出来，心情愈加烦闷，仿佛一下子垮掉了似的，郁郁寡欢，黯然神伤。如果后来没有走出瓶颈期，就会原地打转，向自己妥协，来回重复，甚或写一些以往不屑去写的作品，渐渐地，就开始忘了心中伟大的小说理想，变得世俗起来，混小圈子，参加一些征文比赛，依靠这些小荣誉和微薄的报酬沾沾自喜地活着。谁都厌恶这样的自己，但身边这样的作家还少吗？因而在瓶颈期，如何与其共处并最终战胜它，就是一件不容小觑且格外要紧的事情。阅读恐怕是解决这个问题的最为有效的途径。

16

在其他作家的作品里找到一些结构或细节上的灵感，这是很有必要的，但假若对某位作家过于喜欢，也要提高警惕，防止落入拙劣模仿的境地。瓶颈期大量阅读自然是好事，但最好的办法，是长期保持阅读的习惯。不同的阶段，我们会被不同时代的作家影响，就像一群好友一样，他们源源不断地为你讲述各自人生中的精彩故事。刚写作那会儿，我迷上了昆德拉和阿特伍德，几乎天天逃课在图书馆里搜寻他们的书看，那可真是一段快活日子，透过绵密的叙述，我似乎飞跃出海洋，跟随他们的思绪一起在远方的世界游荡。后来又喜欢上芥川龙之介、蒲松龄、加缪、三岛由纪夫、奈保尔、大江健三郎等作家，在他们的作品里，我又梦游般地来回穿梭，得到了许多新的启示。拉美文学也曾对我产生重大影响，对我影响最深刻的地方，就是它对民间传统的现代性展现。

17

强迫自己阅读，并非就是好事。阅读不要有功利色彩，带有目的性的读书偏离了阅读自身的美学趣味。阅读就好比喝茶，需要慢慢品咂，天天喝，茶也成了水，失去了茶味，最好是想喝的时候再好，像古人一样吹吹茶杯上方的热气，小口小口地喝，喝得急了，容易烫嘴，喝得缓了，茶水一凉，喝不出个滋味。阅读是有节奏的，也是随机的，有时无意间翻到的一本书却会为自己打开一个新奇的世界，顺着这本读下去，又会发现更多的书，书越读越多，心境就越缓和，不再愿意同人争吵得面红耳赤，也不再喜欢在人多处显露自己的观点，书读多了，就会真正将自己藏起来。至少在生活里，当你读得越多，你就会显得越不合群，越难以理解周遭的世界，别人也很难理解你的观点和思路。阅读会让你走到时代的前列，写作却会让你抽身出来，站在后头远远地观望着。

18

我的房间很乱，沙发上，床上，地上，马桶盖上，到处都扔着书，有些书已经读完了，有些刚刚读了一半，有些连塑封都没有拆开，我喜欢这种凌乱，有种坐卧书海的感觉。有时候我也会将所有的灯都关掉，点上蜡烛，一个人靠在书架上阅读，仿佛穿越时间，回到了上古时代。我喜欢自由散漫的阅读方式，早晨起来读散文随笔，午后读上几首诗歌，晚上了阅读小说，有时候却也恰恰相反。写《抒情时代》的时候，我很少读小说，读得最多的是日本散文家薄田泣菫的散文集《旧都的味道》，那是一本清淡的小书，每次进入，都会有复归山林之感，让我能很快平静下来，不再浮躁。写完《抒情时代》后，内心寂寥，于是又接连读了约翰·巴勒斯、普里什文、约翰·缪尔、岛崎藤村等作家，他们的自然书写给我送来了一股股清新的风，陪我度过了许多难熬的日子。

19

在一个名叫乏牛坡的地方，风似能把树卷起。一个人坐在槐林深处，不见鸟鸣，山谷里满是盛开的白色野花，对面山上的林木如同被绿墨染过一样，头顶黑云沉沉，远处有牛群缓缓经过，铃铛声起起伏伏，从身旁的草丛间滚过。这些天来，一直居家写作，完全将自己封闭，今日趁着天气凉爽，到山里来，竟碰上这般好景。翻开看到一半的《文字生涯》，顿觉萨特变得温柔可亲起来，之前在家里读他，可觉得他是有点刻薄呢，原来环境会改变一切，甚至阅读的感受。自童年起，他就是一个能够洞穿虚伪的人，“我突然发现我无足轻重，为自己如此不合理地出现在这个有秩序的世界上感到耻辱。”于是他选择了写作，他是用生命里许多零碎的片段来揭示存在的意义。在乏牛坡读萨特，让我体味到了一种久违的幸福。乏牛坡真是个好地方，乏了，就该到这里来歇歇脚。

20

残缺的童年果真可以激发少年的潜能，萨特的这本自述作品，的确震撼到了我，他在缺少父爱但并不缺爱的童年时段，就已确立了写作上的梦想，并在写作中发现了自己，在写作中真正地诞生了。他发现自己毫无意义，什么也不是，只有面对写作时，才能感受到自己的存在，也就是说，写作就是存在，存在只是为了写作。他将人的诸多意义全部抛除，只留下写作的自我和一堆零散的想象。而这一切的想象和假设，都来自外祖父书房里的经典著作的启发，他用写作医治童年的创伤，并用英雄般的构想和赤诚逃避童年的噩梦及残存的一切，他在写作中重新苏醒并焕发生机。每当他感到失落时，在外祖父书房的书架上，他总能听到许多声音的召唤，召唤他面对书桌与纸张，面对焦虑的自我。写作让他摆脱了成年人虚伪的脸颊和空泛的语言，写作即他童年时代的上帝。

21

这段时日，我才真正进入了萨特的文字，以前似乎对他存在着偏见，尤其是电影《花神咖啡馆的情人们》对我的糟糕影响，很久以来，让我拒绝阅读他的作品，现在思量起来，觉得自己真有些幼稚可笑。他的存在主义在整个欧洲哲学史上有着重要的地位，但他却从文学的角度解释，存在主义是一种人道主义，它的用意并非是让人们陷入恐惧和绝望，而是寻找到自我的存在。晚年他几乎双目失明，在《七十岁自画像》中他悲伤地告知人们，他已经丧失阅读和写作能力，他的作家职业已经彻底断送了。他只能找寻别的方式来表达自己，表达对时下的一些的观点。但他平淡接受了命运的安排，只是在谈到文体时，显得消沉。尽管他依旧在思索，在感受，但再也无法反复阅读修改自己的作品，即让作品失去了更广泛的多义性，他沉陷在最初的混沌状态当中而无法自拔。

22

雨天，溽热退去。沙发上午眠了片刻，做了一个怪梦，醒后顿觉怅然，无所事事，便顺手抓起书读起来。一个下午，就读完了三岛由纪夫的这本《萨德侯爵夫人》，薄薄的一本口袋书，字体很小，纸张也一般，不过装帧还算讲究，拿在手里蛮舒服的。不承想这本小书竟将我读得惊心动魄，萨德侯爵的故事我是了解的，以前曾看过关于他的传记电影，三岛在这里却将萨德侯爵夫人作为戏剧的核心人物，以萨德侯爵的入狱为参照，来审视欲望、道德和罪恶，来窥视侯爵夫人的灵魂。侯爵夫人一生都在试图挽救丈夫，靠近他的灵魂或圣光，为此她不惜用最恶毒的话语来讥讽母亲的自私和虚伪，“你们别无其他，只想和世俗、道德和常规一起睡觉，发出喜悦的呻吟。”她的话像钢刀一样扎入人们的心田，鲜血喷薄而出，在狱外阴森森的白墙上开出无数个鲜艳的花朵。

23

萨德侯爵被视为怪物，他总是用鞭子抽打女人，一边醉心地欣赏透过血迹斑斑的枝叶映在其上的裸女们的身姿，一边在狱中写着可怕的欲望小说。在侯爵夫人的眼里，他就像一只黑色的大鸟在夜空飞翔，就是光明的精灵，他们之间隔着沾满鲜血的永远无法逾越的界限，只有她能够读懂侯爵的内心，也只有她能读懂欲望和堕落背后的怜悯和希望。她终其一生都在努力让侯爵得到真正的自由，并心甘情愿地做侯爵的理解者和保护者，他们彼此间无法离开。可当年老的侯爵出狱时，为侯爵坚守了一辈子贞节的侯爵夫人，却为何拒绝见他呢？萨德侯爵能够理解侯爵夫人内心的孤寂吗？当侯爵被关在冰冷的监狱，侯爵夫人却在城堡里靠着信念抵御寒冷，她在想象中目睹丈夫用熊熊烈火炙烤女人们白亮的脊背，在殷红的鲜血中体味着冷酷的幸福。我情不自禁为她落下泪来。

24

上午还在落雨，阴冷阴冷的，楼下不时传来孩子们追闹的喊叫声。斜靠着沙发，发呆遐想，冥思走神，就在这样的状态下读完了《斜阳》。太宰治和三岛由纪夫是应该放在一起阅读的，他们身上似乎都有一种光明深处的黑暗，一种绚烂的死亡的寂美，尤其在秋雨时节阅读，更能体味到人世的荒唐和悲凉。这本《斜阳》是上海译文出版社2016年出版的，玲珑精致，封面是错综复杂的橘色线条，似乎在象征着死亡般的斜阳，一种日薄西山的颓败之感，向着正在拉开的夜幕缓缓滑落，但依然保留着古老而又浪漫的仪式感。读《斜阳》时，心头一直淤积着淡淡的哀愁，美正被娇艳的红日吞没，希望滑落了，连悲哀似乎都在滑落，宛若流星一样，没有留下痕迹。《斜阳》在写和子的不幸，但透过和子的眼睛似乎已能预见到太宰治那不可挽回的死亡，这其实就是一本写死亡的书。

25

对太宰治而言，死亡已习以为常。他惊恐眼下发生的一切，和战争一样，活着的意义就是死去，死亡成了日常的习惯。《斜阳》里，母亲对和子说：听说喜欢夏天的花的人会死在夏天。在这里，死或许是一种隐喻，象征着家族的变故和某种消亡。和子生于贵族家庭，但战后，时过境迁，家族衰落，不得不和母亲离开东京，去伊豆的乡下生活。虽经受难处，但毕竟挺了过来，只是母亲的病情是愈发加重了。弟弟的突然归来，将困难的处境推向了深渊。后来，母亲病死，弟弟自杀，和子怀着对爱情的失落向往，怀上了小说家上原二郎的孩子。让我惊诧的是太宰治在面对死亡的意象时，语调竟是那么平静优美，就像爱情。不过太宰治对待爱情的态度究竟是什么样呢？和子说：一写到“恋爱”这个词，我就写不下去了。或许在太宰治的内心深处，唯有爱情是绚烂辉煌的。

26

开始读布考斯基的《关于写作》。一本书信集，橙色封面上，打字机正在打印作品和酒瓶。我还没有读过布考斯基的诗，此前在伊沙的朋友圈了解过，知道他和卡佛一样，一生在写作，但更大的兴趣是喝酒，美国著名的酒徒。他给别人的信里，就散发着一股浓烈的酒味，谈自己的困境，谈写作的感受，谈生死和啤酒，确是一个有意思的人呢。若是一个格外严肃的读者，必定是无法进入布考斯基的，会觉得他太堕落，太愤世嫉俗，太穷酸气了，没错的，太正经的人是无法理解他的，这也并非是说他的文字轻浮。布考斯基是一个格外真实的人，不虚伪不做作，言语里充满着一种自然的野蛮力量，某种意义上说，他是在对那个年代和那个年代的诗歌表达着自己的不满情绪，读他的书信，有时会默然沉思，有时却会发出连我自己都惊诧的笑声，他实在是太好玩了。

27

布考斯基的这本书，我肯定还会读第二遍的。表面上他的确有点刻薄，但没有谁比他更热爱写作，写了那么多年，他尽管没有挣到什么稿费，却从未想过去停止写作。他在流浪，在哭泣，在怒骂，在熬着每一个混乱的夜晚，他的真诚简直叫我难过，低沉的号叫声里浸满了泪水，“没有什么事能比在纸上写出一行行句子更有魔力、更美好。全部的美都在这里了。一切都在这里。任何奖赏也都没有写作本身更伟大，随之而来的一切都是次要的。我会写到我咽下该死的最后一口气，不论别人觉得我写得好或不好。终点就像起点一样。”困窘也好，评论家的不屑一顾或读者的辱骂也罢，没有什么能够阻挡他的写作，就算没有读者阅读他的小说和诗歌，就算没有出版社愿意出版他的作品，那他也会写下去的。人们无法离得开音乐，布考斯基却离不开打字机发出的声音。

28

眨眼的工夫，暑假已远去，返至校舍，秋光迷人，山里翠绿依旧，但不再是盛夏时的光景了。和友人在小河边坐了半晌，水流淙淙，天高云薄，似能听到时间逝去的滴滴答答的声响。辞别好友，返回校舍，用一个多小时，读完了安房直子的童话集《直到花豆煮熟》，这真是一本叫我激动的小书呀，仿佛也随童话里的小夜一样，张开双臂，冲过吊桥，变成了风。小夜没有妈妈，小夜的妈妈就是一股风呀，不知为何，每次读安房直子的童话，仿佛远离人世，飞到一片被月光覆盖的森林里，如梦如幻，给人一种分外悲伤的感受。安房直子的童话更适合在深秋时阅读，童话里的逼真情景会同深秋的萧瑟合为一体，显现出一种倔强的生命力。她的童话里，每个孩子都是小精灵，是天真烂漫的，也是忧伤惆怅的，孩子们都在努力寻找过去的秘密，都在渴望变成山风或鸟雀。

29

秋光中，我也变成了一只蝴蝶，翩翩飞舞，花香浮动，就让我飞到安房直子的童话里去吧，就让小夜将我带到山姥的村子去吧，就让我也坐在那棵木兰树上吧，在山里传来的歌声中，我昏昏入睡。我也在写作童话，但只要一读安房直子的童话，我就不敢写了，她把我内心里最真切的感受都写出来了，她是多么懂得孩子那柔软的内心世界啊。有时我会觉得，安房直子是在用梦一般的笔触，编织着少年的孤独，在她的精神版图里，成年人是无法理解孩子的孤独的，那些流淌在心底的黏稠情绪，只有夜晚里的花树看得懂，只有远山里咕咚咕咚的泉水听得见。好的童话是在倾听孩子的心声，倾听他们的困惑，而非乏味的说教。此刻我手捧这本童书，站立窗前，望着远山，听杨树叶哗哗的声响，是小夜变成的风飞到终南山了吗？仿佛看见了正在杉林里举行婚礼的鹿群。

30

读莫迪亚诺的小说《八月的星期天》。前半部分，一种时间消逝的恍惚感在压迫着我，渴望将触角伸向过去，找回遗留在海滩上的旧日光景，我被莫迪亚诺的叙述紧紧地吸引着，他究竟要将我带到什么地方去呢？后半部分，一种拨开迷雾的失落感将我捆住，那颗名叫“南方十字”的古老钻石，已经在暗喻着某些事情即将发生。不安，绝望，恐惧，厄运，坠崖，失踪，爱情，诸多的一切，全部消失在了拉瓦莱河滩。上大学时，我曾读过他的《青春咖啡馆》，现在我仿佛重新走进了某种熟悉的强烈氛围里，从露姬到希尔薇娅，物是人非，街景依旧，像鱼一样消逝在莎士比亚大道，没有人能再找见她们，她们像大雁一样飞往神秘的海岛了。只留下一些断断续续的记忆碎片。那年的夏天，散发着润肤琥珀油香气的人群，兜售冰激凌的流动小贩……那么近，又那般的远。

31

合上书，依然无法平息，心跳还在加速，同窗外的秋风一起律动着。莫迪亚诺给我提出了一个问题：记忆可靠吗？嗯，这真的叫我困惑。仿佛身体里的某个地方正在滑落沦陷，时光被收在密闭的玻璃瓶里，叮叮当当地响。消失了，又出现了，哪个才是真实的？就像是在做梦。在城市的霓虹灯下，笑声还在回荡，人影却掉进记忆的黑胡同里，是什么东西在推着我们往前走？那偶尔传来的啜泣声真实吗？我们真的来过这片熟悉的街区吗？我们是谁？谁又能证明我们过往的踪迹？爱情给予我们悸动以及从未有过的快乐，却也带来一种仿佛有罪的模糊感觉。是谁在恐吓我们？是谁在找寻我们的踪影？藏匿在心头的忧虑究竟来自哪里？是因为那颗价值不菲的钻石吗？“不，我们的忧虑不是因为接触了这冰冷的、泛着蓝光的石头，而是，毫无疑问，来自生活本身。”

32

今日白露。预报说今晚起就会落雨，连续几日，看来这个礼拜都要是毛茸茸的了。不过现在站在公园里，晨光尚好，透过树枝，到处摇晃，满树的桂花藏在绿叶下面，娇滴滴的，香味让我心醉。头顶上，一簇桂花呈心的形状，阳光下亮堂堂的，仿佛藏着一阵短暂的喜悦。我迎着面前的桂花和光斑，举起刚网购回来的《人间失格》，恋爱的甜蜜感顺着阳光的足迹从树枝滑下，感动得我差点掉下泪蛋蛋来。便坐在一旁的台阶上读了起来。我忘了周围零散的人们，只有阳光打在我的发丝上时偶尔会发出轻微的脆响，隐约间，透过树枝间的缝隙，在刺眼的白光中，能清晰地看到那个男人不同时期的三张面孔。开头我就已听到了悲哀的鸣响，不用想就知道肯定是一个令人心碎的故事，这是太宰治的拿手好戏。幸好我正坐在开满了桂花的树下，否则我肯定要被苦痛给放倒了。

33

晚上十点，在寓所读完了《人间失格》，站在窗口，长长地吁了口气，身体稍稍松弛下来，仍未落雨，或许雨到深夜才会来吧。还有蝉在林中拼命叫着，这个时令了，叫声多少显得有些悲壮，蛐蛐的叫声也比前阵子沉闷了许多，一种暗自衰落的景象正在密林深处悄悄发生着。似乎眼前的一切都在指向着叶藏枯寂的一生，枯寂一词，或许并不恰当，但当我回想书中的故事时，这个词就像远归的山雀一样落在我的面前。和秋季的山景相似，叶藏的性格里潜藏着一种沉郁的暗色，沉默寡言，郁郁寡欢，但在战战兢兢不安的少年时代，他学会了将自己扮演成一个滑稽可笑的异类，以此来博得众人的笑声和称赞。恐怕他自己也想不到这个可笑的方式后来竟成了他的人生法则。他在希望中，却看不到任何希望。他迷失在情欲里，渴望爱情能够救赎自我，但他心里清楚这只是枉然，他是在用罪惩罚自己，罪的反面是什么呢？他已在毁灭的边缘。

34

如果说《斜阳》让我感伤失落的话，那《人间失格》则让我痛不欲生，夜不能寐。殉情。酗酒。情欲。地狱。麻醉。精神病院。太宰治始终无法理解人世的荒谬，也不愿去理解，他在看似堕落的黑暗里却干净地活着，人们诅咒他，指责他，瞧不起他，但谁又能体味到他的孤独呢？他显然是在死亡与毁灭中向苍天忏悔，向那个同他一起殉情时死掉的女人忏悔。躺在床上，听着外头的风声，我一夜无眠，雨迟迟没来，直到清晨时才淅沥沥地落了起来。人们都惧怕太宰治，但人人内心深处都住着一个太宰治。一颗真实渴望远离俗世的心。一颗厌恶规则和道德的心。一颗善良而又寂寞的心。他把灵魂撕开给人们看，他渴望得到人们的谅解，渴望挣脱父权的重压，于是他不断死亡，不断毁灭自我。太宰治最后一次跳入大海时，脸上定是浮现着笑意，光明就在眼前啊！

35

中秋放假三日，回乡下老家，天已微凉，空气鲜洁。前段时日，父亲叫人刚翻盖了厢房，院落一片狼藉。同父亲拾掇完后，将门前的花圃锄了一遍，又栽了些兰草，等明年开春了，无论如何都要再种点花的。花草让生活变得更幽静，给乡下院落平添了几分贵气。这样的日头，不大适合读小说，就拿起去年没有读完的《田园之秋》（陈冠学著）读起来。读上几篇，出门走走，踏踏青草，听听乡音和鸟鸣，心境澄明许多，邻居家正在盖门房，主人两鬓斑白，已近七旬，我对他印象并不深，从小到大，并未见过几次，他一边诉说着城市的拥挤，一边感叹着乡村生活的宁静，面露倦意。望着已经封顶的砖房，许多记忆一齐涌来，以前他家门前荒草比人还高，我常在这里捉知了的，多年竟悄无声息地消逝了。几个少年正在玩搭方游戏，我走到他们跟前，笑着看了半天。

36

在乡下院落里读书，是世上最幸福的事。猫卧在葡萄架下面打盹，墙垣上的蒿草在风里飘摇，父亲坐在台阶看屋顶的鸽子，母亲在一旁拴辣椒。我读得几乎快要睡着时，父亲告诉了我一件事。上个礼拜，他听了别村神婆的话，将院落里的竹子全部砍掉了，神婆说竹子太密，把我家的天全盖住了，若不砍掉，将来我的事业肯定要受影响的。父亲二话不说就全砍了，不过当日下午，他就浑身难受起来，伴着低烧，第二天又睡了半天，方才恢复了过来。他说看来这竹子也是有灵魂的，不过现在总是能看到整块的天了。他说完又陷入了沉默，一直在朝天上看。母亲在一旁嗤嗤笑了几声。我继续读了起来，重新回到了陈冠学先生笔下的乡村世界。《田园之秋》里，我感受到了一种寂静与柔和，原初的生命热力和光彩，恐怕也只有心如止水的人才能捕捉这些朴素的瞬间吧？

37

谁又能猜透月亮的心事呢。月亮是从云里跳出来的，我抬头的瞬间，正好看到了这一幕，月亮满面笑意地看着我，和铁环一样圆呢。我拿着书，坐在昏暗的院灯下，轻唤着月亮，月亮羞得脸色红红的，它在映照着此刻的爱情。快十一点时，月亮斜挂在东天，我给它献了三个月饼，两个酥梨，四个桃子，和一本卡夫卡的小说集。我知道月亮正大口大口地吃着呢，不过它能读得懂卡夫卡绝望的灵魂吗？但愿它能照亮人们枯寂的心，但愿它能拥抱痛心的爱情。在乡下，月亮是可以说话的，它给晾在院子里的玉米说，给挂在屋檐上的辣椒说，给蛐蛐和蚂蚁说，给路边的狗尾巴草说，给睡梦中的爱人说，在乡下的夜晚读书，其实是在读月亮的心事，读月亮的惆怅。听，月亮在哭，月亮又在笑呢，月亮在给爱人撒娇呢，月亮有那么多的泪水憋在心间。月亮就是我的亲人啊！

38

返回太乙，伏在窗边看外头的秋光，山上披着一层雾霭，朦朦胧胧的，远处的山只露出薄薄的暗影。一个多小时便读完了奥尔加·托卡尔丘克的小说集《衣柜》，说是小说集，却只收录了三个短篇小说，有种上当受骗的感觉，书是前年在钟楼书店买的，买回来也一直没有看，丢在书架上。现在的书商的确讨厌，尤其对那些刚刚获得大奖的作家，他们三五篇就做出一本书来，糊弄读者。但我还是禁不住诱惑地不断往回买。三个短篇谈不上有多好，如果要和卡夫卡、乔伊斯相比，简直不值一提，但却是当下西方文学最流行的写法。含混不清，破碎，内心的暗流，现实与情绪的冲突，逃避，恐惧的眼神，幻觉，欲望的坠落，消逝的细节和声息。汇成一条表面看似平静，内里却波涛汹涌的河流。她在时间深处打捞自我和生活过的痕迹，在幽暗的衣柜里追踪梦呓般的秘密。

39

在清凉山公园的旧书亭里，淘了本凯鲁亚克的《在路上》，10元，白色封面已微微泛黄。下山时，落起了雨，慌忙中，走错了路，在山上绕了许久，才找到了正门。回来后我并不打算开始读这本，此前的《达摩流浪者》还未读完，等日后再读吧，有些书就是需要在书架上放上一阵子的，放久了，读起来会有许多意想不到的惊喜，或许这只是我的一种怪念罢了。便开始读博尔赫斯的小说集《恶棍列传》，这本书在我书桌上搁置许久了，多次选书，都绕开了它，是我害怕面对博尔赫斯的文字吗？之前我在专门播放博尔赫斯文章的一个公众号上，已经读过他许多的作品了，他像巫师一样神秘，像河流一般宽阔，让我莫名感到一种距离，总想着过段时间再读吧，结果总是遗憾地错过，和最早读卡夫卡时是相似的感受。阅读是讲缘分的，现在我和博尔赫斯的缘分该到了吧。

40

太有趣了，读了第一篇，就迫不及待想读下一篇，花了一个上午，读完了这本《恶棍列传》。恶棍们个个劣迹斑斑，恶贯满盈，有的身背数条人命，有的掳掠残杀，有的对抗朝廷，都曾万般辉煌过，被人拥戴过，但终如流星一样陨落在黑暗的长空。谁又能逃过命运的大手呢？英雄？“先生们，一个男子汉被另一个更剽悍的男子汉杀死之后，毫无自卫能力，只能听任爱占小便宜的人摆弄，扑通一声，浑浊翻腾、忍辱负重的河水便把他带走了。”河水带走的，不仅仅是人高马大的恶棍们，一同被带走的还有他们的骄傲、疯狂、恐惧和夜晚的哀叹。我惊叹于博尔赫斯叙述的老辣，他不是在讲述，而是在叙述，没有夸大的想象，没有惊艳的隐喻，只是在还原事实本身，事实就藏有一股力量。来自民间的力量，野蛮的力量，恶的力量，鲜血的力量，憎恨与倦怠的力量。

41

九月十七日，午后，躺在沙发上读夏目漱石的《草枕》。不觉间，雨声大了起来，打开窗户，朝外望去，白雾腾腾，山脊上的林木同雾气混杂一起，就像画笔晕染过似的，远山只留下薄薄的影痕，密林宛若深色的雾霭，能看见雾在山里走动，听不见一声鸟鸣，对岸有些树叶已经微微发黄。城市消隐在密匝匝的树丛和云雾里，秋雨将最后的一丝燥热彻底掩埋，山静默不语，树亦不语，都在回想盛夏的往事。东头的黑云压得很低，顺着山脊朝南边绵延而去，百年前，夏目漱石也曾静静地观望过这样的山景吧。隐在深山，让身体亲吻树叶，抚摸山林的心跳，烦事也该消隐了，怪了，怎么突然就听不见秋虫的叫声了呢？它们躲在草丛深处睡着了吗？楼下村庄里传来公鸡的啼鸣，鸟声也响了起来，这都是在很短的时间里发生的事情。回到屋内，我继续抱着《草枕》读起来。

42

深夜，还在落雨，蛐蛐声渐浓，对岸灯火稀微，山影阒黑，如喘息的巨兽卧在天幕下面。《草枕》读过一半，内心明净，倍感寂寥，眼前依稀浮现出那位为爱投河寻死的女子，“妾本花间露，此行不复来。”一句歌，让人柔肠寸断，泪珠盈盈。目前看来，这并非一个复杂的故事，青年画家游走山间，观察着，想象着，山的尽头是梦呀，生命似乎也变得悠长起来，想起松尾芭蕉，当年就是独入原野，浪迹山林，一生若秋风般萧瑟，却自有一番韵意。书中山林深处的客栈人家，表情和悦的老婆婆，跳跃的炉火，身着长袖和服的女子，都让我在这个秋雨霖霖的夜晚感受到一种家的温暖，一种久违的幸福。与其说这是一本小说，倒不如说更像一首长长的散文诗，尤其是青年画家的幽思，给叙述注入一种渺远的空灵之气，跟随他的足迹，我也坐卧山间做开美梦来了。

43

晨六时，雾在山腰上走动，缭绕如云海。下楼散步，空气湿湿的，草叶上落满了水珠，鸭子走走停停，不时发出一阵啼鸣，地上的羊粪也带有一股鲜洁的清香。站在杏树下面，看了许久的云雾，有点冷，又返回寓所，索性打开所有的门窗，让冷风涌进来，我趴在被窝里继续读起《草枕》来。九时许，有客来访，一边吃茶，一边说古论今。大多是客在讲，我更喜欢听。客走后不久，一只白色蝴蝶飞了进来，它飞上飞下，带来了许多山里的消息，不觉间，我竟抱着书在沙发上睡着了。醒来时，已过下午三点，以为是梦里有人唱歌，醒后才知是楼下村庄里人在唱草原歌曲，咿咿呀呀，令人烦躁，关上窗户，简单做了点吃的，躺在床上一直读完了《草枕》。真是一本寂静的书呢，词句的缝隙间有水雾浮动，雨声刷刷，宛如在密林深处被山雨淋了一遭，灵魂都湿透了呢。

44

大雨如注，水雾迷蒙，四围的山都看不见了。桌前堆了许多书，但一本都不想读。窗前发呆，看楼下的树冠和鸟窝，用手掌抚摸雨水，心头哀愁拥塞。雨声有种阴冷的美艳。静静发呆，时间似乎要过得更慢一些，时间的面孔如同烫眼的白光，直视让人眩晕。随意抽出一本《外面是夏天》，继续阅读了起来。单看书名，该是本舒适的作品呢，却不想首篇《立冬》就寒意扑面，让人心头发憷，不幸与屈辱，意外与恐惧，隐在贫穷的河床之下，生活旋涡像漆黑的洞穴一样，不断将他们吞噬，除了身体在发抖，连泪珠都在发抖。《卢赞成和埃文》同样令我压抑，金爱烂怎会将死亡和孤独写得那般平静呢？赞成爸爸的卡车翻了，和爸爸一样葬身火海。此刻的我，根本无法承受这样的言词，便将书重放回了书架，日后再读吧。至少这样的天气，我没有办法承受如此绝望的叙述。

45

山林已经在微微发黄，相比前阵，明显瘦下了许多。没错，用瘦来形容山林此时的状态是要恰当些，毕竟距离深秋还有些时日。返回寓所时，见路边开放了许多一年蓬，花瓣窄窄的，小小的，却很精神，旁边有几只羊正在啃草，见我走过，也并不怕，只是咩咩咩地叫了几声后，又接着啃食了。回到房间，喝了杯桂花茶，开始阅读《福楼拜文学书简》。上半年其实是读过一些的，写作课上还专门朗读了其中一个片段，但因诸事耽搁，便撂在了一边，一晃竟半年过去了。看来读书这件事拖不得的，喜欢的书，最好是一口气读完，否则谁知晓会拖多久的时间呢。看得出来，福楼拜是一个能量充沛的人，他志在著述，背对文坛，像农夫一样勤勉劳作，他的信里充满着旺盛的自然力和生命力，笔锋辛辣，却不失幽默，不时令我发笑。笑是因为他的语言里有着天真的孩子气。

46

“不要发愁。发愁是一种毛病。有人以发愁为乐，当忧愁过去之后，因为用了许多力气，你就会委顿。于是又后悔，但悔之已晚。”这是 1878 年福楼拜致莫泊桑信中的一句话。我当下的状况更应该将此话牢记于心。少想点无可奈何的事情，多写作吧。为艺术献身，为小说献身，是生命最广大的意义。一棵长在悬崖边的刺槐有它的使命，一位寂寂无名的小说家同样有他的使命啊！

47

窗外飞来许多红嘴蓝鹊，在树冠里喳喳喳地叫着，雨停了，但河水奔流的哗哗声就在耳边回荡。我重点阅读了福楼拜谈艺术的部分。读这些信札时，我心头万分激动，因为它是如此亲切，喜怒哀乐清晰可见，福楼拜从未停笔，不是在阅读作品，就是在写作，他深受病痛折磨，却从不中断思考。尤其是写给莫泊桑的信件，更能看出他父亲般的博爱。我一边读，一边反思自我，过去我是多么地懒惰呀，是多么地自大傲慢呀，多少美好而又宝贵的时间被我浪费了，多少灵感被我抛却在了生活的沟壑里。在艺术面前，我必须低下头颅，负重前行，必须去追求一种独一无二的写作，尽管从长远来看，这是多么虚妄的行径，但我必须要这么干，凭着激情，凭着一种野蛮的力量，尽力从庸俗的生活里撤出身来，像农夫一样耕作，像士兵一样勇敢战斗。这便是我从书中得到的一些启示。此时观望窗外，连天空似也亮堂了起来，鸟声也活泼可爱了起来呢。

48

写完上一条，开车返回永寿，后天就要开始本学期的课程，回家呼吸几口故乡的空气。路上想起福楼拜寄给高莱夫人的信件，谈到爱情和性，谈到思念和自己的秃顶，不禁哑然失笑。刚下高速，就直扑城南的羊肉泡馍馆，美美地咥了一顿。午休过后，一口气读完了余下的信札。你肯定心里嘀咕，这家伙无时无刻不在读书，岂不活脱脱一个书呆子？我就是书呆子一个，只要有好书读，便精神抖擞，三日不读书，只觉世事黯然。信札前附录了沈志明先生的代译序《包法利夫人就是我》，也是一篇极风趣的文章，看得我如痴如醉。确如沈先生所言，福楼拜写小说时，不露声色，对人物不偏不倚，但写书信时，则随情任意，汪洋恣肆。可谓一个特立独行且具真性情的小说家。福楼拜认为，作家写得好，就会冒犯读者，因为你的风格逼得他思考，动脑筋。这一点深感认同。

49

天放晴啦，总算见到了阳光，在永寿家中，窗外传来小学生的朗读声。开始读王鼎钧的《作文六要》，另一本《灵感五讲》还未拆封，随后读吧。《作文六要》给我了许多惊喜，我没有想到这本小书竟如此精彩，阅读的过程，仿佛在听一堂生动的作文课，对中学生来讲，这“六要”，不少不溢，恰到好处。本学期我给大一新生带基础写作课，现在读了这本小书，我深受启发，并非是书中的观点打开了我的思路，而是教授作文写作的方法，原来作文课也可以讲得如此趣意盎然呀。从意图上讲，“六要”似乎只是王鼎钧先生抛出来的砖，更要紧的是后头引出来的玉，带给读者广阔而又立体的感受，在充沛的感受中观察、想象、体验、选择、组合、表现，一篇文章也就诞生了。好文章在哪里找得呢？在我们自己的血肉和心灵里，也正因此，文章才是自己的好啊！

50

读长篇小说《大雪将至》。因封面设计得漂亮，便忍不住从学校图书馆借了这本书，作者罗伯特·泽塔勒是个陌生的名字，此前从未读过他的作品。差不多用了三天的时间，于上课间隙读完了这本小说。很好读，几乎找不到一处读不下去的地方，故事也好看，勾勒了一个男人生命中最为重要的几个时刻，大雪封锁的山谷，死亡在一点一点靠近，男人曾害怕过，恐惧过，努力过，也曾爱过，宛若风铃一样在屋檐下回响，在暴风雪的白色寂静里，他曾得到了什么？又曾失去了什么？人在这个世界上经常都是孤独的，殴打，风声，雪崩，战争，迷失，颤栗，沉默，随着心跳的消失，记忆似乎也戛然而止。相比主人公艾格尔，仅在小说开头和结尾出现的牧羊人羊角汉斯，更像一个谜，当濒临死亡的羊角汉斯消失在漫天风雪中，谁还会记起他呢？谁又曾了解过他的故事？

51

好天气没持续几日，又迎来连阴雨。重阳刚过，街上竟有许多人已穿上了冬装，冷风直往屋里钻，起身关紧门窗，趴在被窝读起《胡萝卜须》，此书是去年从孔网购得，百花文艺 1986 年首版，一同购回的还有黑塞、永井荷风、岛崎藤村、蒲宁、米什莱、史蒂文生等人的散文选。有的读了一部分，有的尚未读过一篇，儒勒·列那尔的作品还是我头次接触。一口气读到深夜，丝毫不觉疲惫，若不是家人催促，我肯定要读到天明的。书里不仅收录了儒勒的两部代表作《胡萝卜须》和《自然记事》，还选录了作者的部分日记，交叉着阅读，趣意无穷，看得出来，儒勒在追求一种简洁而又充满风趣的表达。尤其《胡萝卜须》，写得太有意思了，有时觉得是在读小说，有时又觉得是在读散文，根本无法分得清其中的界限，可在我失声发笑的同时，却忍不住地直掉眼泪。

52

儒勒·列那尔 1887 年在日记中写道：“才能的问题在于量。

有才华，这不是说写一页，而是写三百页。任何中人之资都有可能构思小说，任何初学者也可能写出漂亮句子。握笔，铺纸，耐心写来。能者毫不犹豫，据案挥汗而书，一贯到底。要吸尽多少墨水，费掉多少稿纸啊。才能卓越的人和那些永不动手的懦夫的区别就在这里。在文学上，只有当牛。所有天才都是最壮的牛，他们每天工作十八小时，孜孜不倦。荣誉，就是不懈地努力。”今年我整三十岁，一个重要的节点，日月逝矣，时不我待，就用这些话来激励自己吧。

53

寒露，大雨。窗外，两只喜鹊立在白杨枝头，不时啼鸣一声，抖抖尾羽，仿佛在细嗅爱情感伤的气息。雨声潇潇，山上许多树叶已经变红了。我坐在寓所里阅读波拉尼奥的小说集《地球上最后的夜晚》，雾气愈来愈浓了，屋内也冻得要命，不得不披上冬日的棉衣。这样的鬼天气真不适合读波拉尼奥，疯狂而又悲伤的生活，让人沮丧，陷入绝望。他的语言里有种深深的虚无和幻灭，臃肿琐碎的困境，像梦一样黏稠，却锋利如匕首扎人的心脏。尤以《安妮·穆尔的生平》令我不安，安妮似乎一直在围着男人生活、恋爱，还有那噩梦般的童年，孤独如墨水一样浸透了她内心深处的光明。至于《地球上最后的夜晚》，似乎在指向生活真实面目，恰恰正是我不愿去窥视的部分。真实会刺痛眼睛。那位二流诗人，或许就是我们每个人，最终都会像梦境一样消失得无影无踪。我受不了波拉尼奥的真实感，太压抑了，读完这本，今年不再打算读他别的作品。

54

天晴了，早饭后，将椅子搬到阳台，抱着《赫索格》晒太阳。阳光像羽毛一样轻盈地在我脸颊上跳舞，曼妙的舞姿，让我想到雪地里毛茸茸的小动物，窗外的白杨被风刮得哗哗作响，我半眯眼睛，享受着阳光柔软的抚摸。昨日的阴冷反而让今天的阳光显现出冬日才有的温柔。翻翻书，喝杯茶，想想心事，还有什么能比现在更让我感受到时间的安宁呢？那对喜鹊不在枝头，它们是躲进树丛里谈情说爱去了吗？傍晚时，它们肯定会飞回来的，最近一段时间，几乎每天都能看到它们可爱的身影。阳光打在脸上，打在语言的深处，仿佛在做梦，许多往事浮现心头，多幸福的瞬间。记得年初阅读索尔·贝娄的散文选《太多值得思考的事物》时，正是桃花盛开的时节，诸事不烦扰，读书以养心，现在在深秋这样和暖的天气继续读他，同样是种映照吧。读书可真解心慌呀！

55

赫索格先生叫我悲痛，他的信就像我那驳杂的梦境，混乱，琐碎，模糊，缺少逻辑感，却映照出他真实的生活处境。马德琳真的爱他吗？赫索格的疯癫与可笑可悲的举动，让人不由自主地厌恶起这个女人来，尽管我知道她内心同样淤积着无法言说的孤寂。依我看，赫索格的痛苦并非只是来自婚姻、学问，而更应该指向时间背面的无助，他渴望用爱留住女人的心，可年龄封锁了激情，酿造了生活的悲剧。真正让我着迷的是这本书的写法，故事并不复杂，用散漫的意识流或独白的方式推进，读起来竟丝毫不感到疲惫或无趣，不得不钦佩作者的才华。赫索格的信就像润滑剂，将过往或当下的许多时刻完美地拼凑在一起，因而小说给我一种繁复之感，我喜欢索尔·贝娄的语言，简洁有力，没有废话，充满着张力和线条感，初看是现实主义的写法，细品则体味到现代主义的魅力。

56

这周天气很好，原本打算进山踏秋的，却因疫情被封在校区，只好坐在窗前晒太阳、读书。就铺开刚网购回的《中国现代作家印象记》。前两天和住在一楼的张学义教授聊天，他谈到他和他老师王富仁的交往，谈到这本书，回来后，我立即网购了一册。几乎是一口气读完，脑海里又重新认识了一遍现代作家。王富仁先生的语言谈不上有多吸引人，但他写文章并不是靠这个取胜的，对现代作家的评价，对现代史的看法，真实严谨，令人信服，单从他对郭沫若、郁达夫的评价，就显出他的智慧来，他说郭沫若一生都是一个青年，说叶圣陶是我们的好老师，说郁达夫在精神上是个孩子，还说在文学史上之所以郁达夫的地位比叶圣陶高，是因为郁达夫自开一种风气，有些出格，出格的东西恰恰会成为具有独创性的东西。多妙的评价。我打算再购先生几本著作回来。

57

读久了也会乏味，甚至对语言生出厌弃的感受。

心灵的过剩状态。不如在桐树上睡一觉，养养浩然之气。

58

忙碌了些天，都没好好看外头的山，一抬头，山上竟被黄叶罩实了。冷冷清清，晨间总有雾气浮动，但不再像前阵子那般浓郁，秋水也瘦了，若不屏息细听的话，也难听到水声了。山路上落满了黄叶，深山里红叶要多些，远远望去，层林尽染，仿佛晚霞盖在了山上，煞是惹眼。顺小路走不远，就感到了凉意，只好原路返回来。打开电暖扇，卧在沙发上接着读，不知不觉间，一下午的光阴就消逝在了山影里。读完了卡尔维诺的《马可瓦尔多》。一个生活在底层的城市小工，却被卡尔维诺安插上了想象的翅膀，他显然是一个虚构的角色，却是那般的明亮真实，温暖可亲，他有家庭，有妻子和孩子，但他自己好像也没有长大，活在一个不真实的世界里，因而才会不停地招惹麻烦事，他总能从贫乏无趣的事物里找到快乐。他活在逝去的梦里，更活在自己的快乐里。

59

黄叶都快凋尽了，已是小雪节气，朝远处望，山脊上果已盖上了白雪，但天气还不算太冷，两只喜鹊还站立在杨树枝头。近期琐事缠身，忙忙碌碌，到处奔波，心头压着事，也难有整块的读书时间，不过还是挤时间读完了《毛姆读书随笔》，晌午在校图书馆又借了《大卫·科波菲尔》和《当代俄罗斯小说集（第二辑）》（黑龙江大学出版社 2020 年 12 月第 1 版）。《大卫·科波菲尔》以前读过，但也是在中学时，受毛姆读书笔记的影响，打算冬上重读一遍狄更斯和莫泊桑的代表作，看是否会有新的感受。毛姆的小说我读过许多，他热衷于故事，却也不排斥故事外的东西，这一点从他对普鲁斯特和陀思妥耶夫斯基的热爱就能看得出，仅此一点，就能显出他的博大。毛姆的读书笔记算不上一流，他极少谈论作品，似乎更关注作家们的私生活，不过读起来可真过瘾呢。

60

再次降温，寒鸦从窗前掠过，换上棉衣，在旁边的村里散步，有老人坐在村口的石磨上，眺望对岸的群山，溪水从村巷穿过，发出清脆的激荡声。一旁的农田新近被翻过，铁锨留下的印迹还很明显，土壤给人一种新鲜热烈的活力，青菜上挂满了露珠，杨树叶已掉光了，只剩下繁密的树枝托举着天上的白云，远处有雾，但近处的空气格外鲜洁，吸进肺里，整个人瞬间变得精神起来。至晌午，天上的云成团成团聚在一起，神秘绮丽，太阳悬在背面，挤过云层，宛若梦一样灿烂，虽说眼前的景物不似夏日那般葱郁，但却有种静谧的美，没有蝉声，少有鸟鸣，村人脸上也洋溢着一份从容。柿树上零零星星地挂着红透了的柿子，有些已被鸦雀吃过，树枝繁密杂乱，似抽象的画作，这本就是一个慵懒的时令，村庄也藏在山间畅想来年的光景。在周边闲走了两个小时才返回寓所。

61

读略萨长篇小说《胡利娅姨妈和作家》。校区封闭，天气阴沉，吃罢饭，就在屋内读起书来，不一会儿，竟落起雪了，打在树叶，发出轻微的声响，像晶莹的盐。坐在暖气前读了半晌，再站在窗边时，雪花如羽毛般在空中飘洒，草丛间已盖上了薄薄的一层，衬得对岸的山更加荒芜，我伸手去触摸飞扬的雪花，心头沉沉的，仿佛压着千斤重的石头。小说里的故事似已消隐，而眼前的秃山和雪景却莫名令我感伤起来，大雪是在映照现实的荒诞?放下手中的长篇，下楼迎着风雪站在路边，任雪花打在脸上，我在渴望一种现实，雪中盛开的一年蓬同样在渴望，秃山亦在渴望，身后农家的鸡圈里传来母鸡咯咯的叫声。在教授们开垦的菜园旁，我又站了许久，白雪铺在肥大的菜叶上，风一刮来，雪花再次在空中飞舞起来，四周格外寂寥，连同我的心也变得更加寂寥了。

62

一夜过去，雪落住了，上午时，大雪再次飘飞起来。学生在外头打雪仗，欢笑声不绝于耳，想来这一学期，因为疫情，他们许久不曾外出，也憋得心慌，在这雪急风紧的日子，痛快地要一耍，也算是一种宣泄吧。下课后，我在校园里闲走了会儿，又赶回公寓，坐在暖气跟前读起书来，窗外雨雪纷纷，暮风沉沉，远山苍冷，给人悠远的感觉。要是有个火炉就好了，围炉品茗，读书想事，是世上最美的事。小时候一到雪天，总要在外头耍上半天，也不管脸颊和耳朵冻得红红的，耍够了，就坐在火炉跟前观火、昏睡、做梦，时间滴滴答答，在火焰里上下窜动。我起身看了看窗外的飞雪，沏了杯热茶，又读起来，或许是因室内温度高的原因，不知不觉间，竟在沙发上昏睡了过去。做了一个短暂的梦，梦见自己独自穿行在冷清的巷道里，了无一人，隐隐觉得害怕，醒了。

63

大雪节气，天气还算晴朗，可风打在脸上，便能感受到冬日的冷意，天空罩着淡淡的白雾，林间鸟雀很多，叽叽喳喳地说着什么，山已露出了疲态。昨夜读完梁遇春散文集《春雨》时，时间尚早，站在窗前，看了许久的月亮，冬日的月亮不同别的季节，虽冷冷清清，却显得高远，给人平静的感觉，寒风扑面，山在夜色里安心睡去。疫情的缘故，学生已提前离校，中午时，我带着李广田的散文选集坐在长椅上，面朝南山，享受阅读的快乐。寓所还有一本《秦牧散文》，三本散文集都是前几日从孔网上淘回的，品相不错，价格也便宜。就我目前的阅读来看，我更喜欢梁遇春的散文，对比起来，显然就能看出现当代散文间有着极大的变化，民国时期的散文更突出一个真实的“我”，新中国成立后的散文家似乎更喜欢写“物象”和“他者”，以此来反映现实生活发生的巨变。

64

阳光灿灿，斜靠窗台，读完了阎连科文学对话录《我的现实我的主义》。近来浑身乏力，持续低烧，在家已休养了些许时日，仍咳嗽不断，不见好转。卧在床榻，心慌气短，想起许多事尚未了结，阳光在床头摇摇欲坠，不免感到空虚乏味。想来现在的时刻，冬日的山间，清水汩汩，天清气朗，躺在草地上读书，该是如何的洒脱呢。照以往，像这本对话录，两天便可读完，但最近身体实在困乏，心烦意乱，读读停停，胡乱翻翻，竟读了有小半个月。取回的新书也还未拆封，这样的状态，不知还得持续几日？真真切切快要疯掉了。等身体完全恢复了，我想立即进一趟山，尽快将原来的状态调整回来。阎连科的长篇小说此前我读过《坚硬如水》《风雅颂》和《炸裂志》，后面看能否找来他的《丁庄梦》《四书》《日熄》和《心经》？总能买到手的吧。

梦境

好小说的状态
就是梦的状态

1

常常会伴有一种莫名的焦虑感。宛若头顶上方悬着利剑，肉体在撕裂，一种内在的慢性死亡，潜在的精神危机，关乎写作，也关乎海浪般汹涌的现实。长久地处在这种软绵绵的舒适和平静之中，让我感到万般厌恶，我应该和现实来一次勇敢的对抗，和人们眼里的小说家身份的我决裂，我也应该在小说里做一些出格的事情，甚至是违反小说原理的事情。就是要让评论家和读者感到不舒服，甚至一看到我的叙述就恶心，这样的结果正是我内心深处所向往的，或许只有这样才能够缓解我长久以来的焦虑。那藏在生活背后的无尽的黑，压得我难以喘息，小说能够消化它们吗？人们都捂住自己的脸，装作什么也没有看见。几乎是反常的寂静，阳光也无法照亮的黑处，半夜里，我总会做一些可怕的梦，有时梦到一群没有脑袋的身体，有时则梦到一群没有身体的脑袋。

2

写小说时，我会听到许多怪诞的声音，许多是从地缝里冒出来的，但更多的是从身体里溢出来的。一种恍惚的新鲜感受，一头是现实深处无尽的黑，一头是梦境边界虚幻的光。急不可待地将它们记录下来，仔细检查，前后对照，却感到阵阵失望，总有一些镜头和瞬间无法写出来，是自己的功力不足呢，还是这些东西本身就无法用文字叙述？小说能够完全打捞人的记忆吗？那些怪诞的声音是如何诞生的呢？记忆在顺其自然地消逝的同时，又有许多记忆悄然而至，宛若尘埃一样在阳光下面胡乱飞舞。或许同记忆一样，虚构自身就是杂乱无章的，你越强调它的纪律性，小说就越陷入危险境地，就越容易失去生命力。我宁愿让写作陷入泥潭，也不愿站在风景秀丽的山顶。将体内那些绝望的、悲伤的、即将死亡的、恐惧的、热烈的东西写出来，是我当前最朴素的想法。

3

虚构会将现实领入神秘的真空地带，在这里，人们至少会暂时忘却沉闷而又冗长的日常生活，日子总让人感到厌倦，以至于想要逃离到一个并不存在的假想之地，没有人不渴望在那里找寻到另一个自我。将更多的陷入在现实泥潭中的人带到那个地方，虚构一个可以令疲惫的肉体短暂放松的寓所，带领人们对抗生活深处的黑，正是小说家的光荣使命。这就需要小说家为现实插上翅膀，将那些在生活里几难发生的事情合理展现出来，包括梦境和非现实的部分。虚构其实就是背对现实放声高歌，是被人们遗忘掉的诸多生活细节，更是和普通人的命运紧紧捆在一起的艺术形式。穿透虚构小说，能听见被光阴掩住的惨叫声，能看见更多的亡灵，甚至可以一览无余地看到历史真实的背面。

4

当我们尾随着小说家的叙述进入那个陌生地带时，会有种做梦一样缥缈而又不真实的感受，它提供给我们新的现实经验，字里行间时不时会显现出文化上的时差，诸多我们知晓却极其陌生的场景会生动地展现在我们面前，记忆随着叙述的推进不断在更新，甚至会激荡出别的神秘感觉。在这种时刻，我们的思维不断地高速运转，以往狭隘的认知会被击得粉碎，且伴随着阅读的深入，陌生感会加剧写作者的危机意识，对人性的认识也更透彻，而当写作者感到胆怯或有种紧迫感时，就极可能连带出新的创造。我并不倡导青年人去大量阅读当代的畅销作家，而应该多接触一些冷门的作家和作品。冷门意味着小众，意味着作家的思考偏离于官方或大众，其原创性和思想性尚未得到读者的认可。我这样说，绝非对流行和畅销的作家有什么偏见，只是劝导大家要提高警惕。

5

天真的精神漫游者。喜欢在夜间哀号，喜欢白日做梦，总是将最疼痛的地方展示给旁人看，小说家其实就是骨子里对现实存在敌意的人。面对杂乱无章的记忆碎片，他从容不迫，时而愤怒，时而沉默，对眼下正在消逝的诸多细节有着天然的敏感和细腻的知觉。他极少信奉流行的文艺理论和思潮，他生活在自己浪漫而又炽热的想象当中，建立自己的文学历史比别的事情都要紧。有时渴望重返故乡，有时却对故乡熟悉的景物充满了厌弃，他完全可以做到成为一名与故乡决裂的流亡者。他经常感到沮丧、恶心，有时连他自己也觉得写小说毫无意义，尤其是对于他这样的默默无闻的小说家。并没有多少人耐心去看他那晦涩且充满偏见的文字，阅读过的人也总会想尽办法给他泼上几盆冷水，为了证实他叙述上的空洞与乏味，人们总会将他同当前的知名小说家相比。恐怕这正是当前无名之辈写作的处境，他却轻蔑一笑，很快就将这些东西抛之脑后了。

6

无尽的沮丧，对现实，也对人群。渴望藏在暗处，却无处躲藏。有时觉得写作没有意义，有时又觉得写作就是全部，若不能用语言来表达，我将如同枯木般死在灿烂的夕阳里。荒诞不经的生活细节，愈发清晰的梦境，正在上苍的忏悔和哀悼声中渐渐逝去，人们不再关心个体死亡和精神抑郁，有时甚至会失却最基本的悲悯心，春光荡漾，南山静默，孤独在鸟声中纷纷消散，我背靠青柳，暗自啜泣。在短暂而又清浅的荒谬中长吁短叹，不得不独自吞咽下苦涩的泪水。厌恶虚假的笑声和似乎永远也不能穷尽的无知。穿过我孤独的背影，会看到幽暗的宁静的死亡的海，蓝天尽头编织着水滴般剔透的光阴，也许只有在小说里，我才是真实的，才是有着热情的生命能量的人，才能像古树一样呼吸、沉默。现实早已将我篡改成一个冷漠的人，一个却让众人感到无尽欢喜的人。

7

晕染的简约与朴素，丛林被切割成密麻麻的碎片，夜色下的寂静，湖水被映得蓝盈盈的，白马悠然穿过草地。此番情景，近乎梦境，或许正是被人们遗忘的梦呓，大地被死亡的影像笼罩，繁星瞬息即逝的美牢牢捆住，白马低沉的嘶鸣暗自回荡。梦在捕捉那些叫人心惊胆战的恐惧。在幽灵般的梦里，我常常看到一些古老的影像和音符，醒来时却什么都忘了，真希望自己准确地掌握梦的边界，以此来辨识到它们的模样，尽管它们是那么虚无，甚至并不存在。史学家永远也不相信这些跳动的片段，它们更在折磨着哲学家不安的睡眠，只有小说家能够感知得到它们的生命，它们的优雅，它们内部的热情，小说并不是梦，但很难离得开梦。好小说的状态其实就是梦的状态，汹涌混沌，驳杂鬼魅，有时人们根本无法理解它的布局和要义，只能隐隐感受得到某种微弱的存在。

8

从我的感受来判断（假如我的判断是正确的话，当然也可能不够准确，但至少可以作为一种片面的参考），艺术产生于一种模糊的感觉，而非准确。准确意味着统一，意味着要打磨掉多余的含义，消解漫无边际的想象，留下客观的理性的语言表达。模糊是多方面的不明朗、不规则、不完善、不统一，它将词句带入广阔的无穷当中，以接近事实或本质。模糊如同梦境，它善变多意，且以情景交融的方式不断启发我们的想象，人们都相信眼见为实，现实的就是真实的，真实的就是准确的，但这样的观点至少让我感到疑虑。你可以建立语言上的准确或者纯粹的精确，却无法回避非现实因素对写作的干预，甚至从某种意义上讲，非现实因素的影响往往要超过现实因素，也无法用准确来框定所要抵达的意义。模糊是感性的开端，是小说写作的源泉，是汩汩流淌的灵感之河。

9

和命运一样，对于未来，我们并不可知，其实也是身处一种模糊的可能性当中。当你耐心咀嚼诸多已经被文学化了的词句时，比如午夜、黄昏、晌午、月亮、逃离、死亡、起点、河流，就会发现它们的共性所在：不确定性和模糊感。它是具备一切艺术色彩的迷雾，具有抽象的悠长的诗意，使得小说穿透生活，高高跃起，更加扑朔迷离，更能洞穿人性的根本。准确的描述，富有力量感，更为朴素精练，但失却了生机活力，远离了诗性。小说尽管来说是现实的，但整体依然需要诗性，依赖诗性，连虚构一词也充满着诗性和模糊感，它指向一种虚空的构想或幻灭，一种很难用生活经验去界定的物质，它像孔雀的羽毛一样斑斓多彩，像梦一样轻盈，却留下了深刻的记忆。一般而言，童年的梦境和经验最具备这种诗性的模糊感，越往后，记忆越发逼真，越失去了文学性。

10

我在此所说的模糊，并非是指刻意将文本搞得支离破碎，或借用不妥贴的比喻将小说带至混乱的境地，而更多的是指一种意念上的模糊，构思与灵感来源上的模糊。比如短篇小说，更像诗歌，但毕竟它还需要为读者还原一个生活片段或截面，在准确与模糊之间，存在着一个物理学意义上的杠杆，太模糊，读者就难以体味到小说所要表达的意义，太准确，又失去了美感和想象的空间，于是对小说家的平衡术就提出了很高的要求。小说的模糊感不同于诗歌的模糊感，小说是在用故事的形式表达意义，因而就不能过于关注词句的模糊，恰恰相反，词句需要真实可信，背后蕴藏的意义可以模糊不清，让读者去猜测，诗歌则相反，词句或意象的模糊是首要的，致命的。小说需要比喻，可比喻一旦过多，就会让读者有种晕眩的感受，就会影响小说的进程和人物的可信度。

11

立秋，燥热依旧，入秦岭，蝉声聒噪，山路绕绕。密林深处，溪水湍流，百草丰茂，逆流而上，觅至幽静凉快之地，背靠青石，躺在枯树上昏昏睡去。往事变得清晰起来，伸手可触，乡间果园里，野兔在少年的喊声中飞速逃走，电工把挂在电线杆上的红布扯下来，牛群找不见回村的小路，太阳在天上着火一般地燃烧着，母亲坐在树下唉声叹气，房屋正在坍塌，金龟子坐在花瓣上畅想明日的美事，农用机车的呼啸声在田野上空久久回荡，中年女人摇着轮椅从悬崖边上一跃而下，更多的人都去了南方，槐树正在枯死，花猫正穿过幽深的阁楼，惊起许许多多的尘埃在阳光下乱舞，神婆说若要飞黄腾达，必须砍掉院落里的竹子，河流在水草下面缓缓流淌，无声无息，闻不见一点的动静。是一个午后的梦？在短暂的睡眠里似乎听了一场冗长的折子戏。头顶的蝉鸣更响了。

12

小说是小说家的精神情绪。精神情绪是童年或青年时代的倒影？马尔克斯流亡巴黎时，租住在私人的客栈阁楼里，穷困潦倒，靠捡食物度日，还不忘写作小说，我想当他在人来人往的街道里游荡时，绝望的心情中肯定还有着微弱的希望和喜悦。在希望和喜悦中死过数次，终又奇迹般地复活过来，心间氤氲着悲愤的孤独感，这个状态和蒲松龄写鬼狐花妖时有点相似。黑暗的阁楼，烛光闪烁，床边的外祖母兴味盎然地讲述着她心里的神话或志怪故事，少年一边听着，一边在想象着那个恐怖的幽灵世界，长着猪尾巴的婴儿，被神力控制的青年男子，游魂在小镇的街头神出鬼没，吞噬着一个个孩子的梦。没有人能够明白少年内心的孤独，孤独似细沙一样填满了体内的每条缝隙，留下的是一圈圈的暗影在午夜哗哗闪动。少年做过许多怪诞的梦，后来又写了许多怪诞的小说。

13

离开早先的困顿，步入更深的抑郁里，时间仿佛静止不动，晚霞以花朵的模样现身在遥远的地平线上，云层正在吐火。被人群的笑声囚禁，女人像狗一样被用铁链子拴在昏暗的矮房里，楼道传来微弱的呻吟声，此时此刻，我处于深度的休眠状态，心脏还像青年时代一样怦怦直跳。穿过漫长的黄昏，抵达商州的熊耳山，望见爱情的火焰，红莲花正在群鸭的叫声中燃烧，旋转的脚步，山脊上的弯月，均在池塘边上渐渐弯曲、升腾，成为恒久的情景。没有多久，云层又变换出新的形状，似龙王在吐水，诸神正端站在天上做法，奶奶迈着碎步，一边喊，一边敲打手中的瓷碗，为摔伤的孙儿叫喊魂灵。跪在山间，我泪流两行，学着鸟雀的叫声试着安慰自己，但无论我怎么做，面对破碎的心灵，什么法子似乎都不奏效，只好抱住身边的板栗树，默然吟唱杜子美晚年的诗行。

14

清晨做了个怪梦，赶紧记下来。公园深处，林木很密，圆月挂在树梢，一只黑猫蹲坐在不远处，距我只有几步之遥，绿色的眼睛闪出奇幻的亮光，我转身看它时，它朝我走过来说：你的牙齿好白，比珠穆朗玛峰顶上的雪还要白。它刚说完，我张嘴笑起来，不想牙齿的白光竟照亮了半边天空。黑猫一跃而起，落在我的肩头，喵喵叫起来。遥远的山间，白光闪烁，黑猫告诉我，那都是我牙齿上的白光反射过去的，我只要闭上嘴巴，天就重又黑下来。我捂住闭紧的嘴，果真又复归刚才的情景，林丛深处，幽暗阒黑，只有树枝微微摇晃，再对黑猫说话，发现它已不在我的肩头，又蹲在我的视野前方。我感到有点疲惫，就在一旁的长凳上坐了下来，许久后，有点困乏，刚要张嘴打哈欠的时候，一道白光从我的嘴里喷射而出，黑猫再次朝我一跃而来的时候，我被惊醒了。

15

次日寅时，窗外黑咕隆咚，虫声唧唧，但已可见山影，启明星斜挂在山脊上空，摇摇欲坠。屋内燥热异常，实难入眠，便将窗户推开。山风袭来，着实凉快许多，但好景不长，一只黑色虫子飞了进来，在我头顶盘旋许久。心想，这是卡夫卡笔下的那只甲虫吗？瞎想之时，虫子落在我的头上，吓得我猛地坐起，打开了灯。虫子乱撞起来，我拿起笤帚，做好防卫状，但又不忍心去打它，万一它是卡夫卡变的呢？索性让它飞吧，可它却不时地朝我撞来，让人郁闷，只好举起笤帚，朝它挥去，它怎会轻易就范？乱飞一阵，忽藏起身来，没了动静，我只好放下笤帚，继续睡去。可没过多久，它重又嗡嗡起来，真是没完没了了，我暗暗发誓，这次一定要打死了它，打开灯，它却又藏了起来。来回折腾，直至天明，现在它依然在某个角落藏着呢，心里一定在嘲笑着我的愚笨吧。

16

半夜行至福银高速永寿段，忽遇堵车，以为没多久便可通行，谁想近一个钟头过去，仍不见动静。下车坐在旁边的台阶上，凉风拂面，前面的司机不住地咒骂着什么，举头望天，圆月悬在天上，天空亮堂堂的，周边的云层分外鲜明，常年奔波，已不记得有多久没看过这么辽阔的夜空了。迎面的车辆飞驰而过，似穿过梦境而来，月亮在缓缓地走动着，云朵也不停地变换着形状，这一幕，仿佛曾出现在过我的记忆里，但仔细回想，肯定是不曾经历过的，那怎会这么熟悉？是记忆出现差错了吗？还是我现在就处于不真实的梦境当中。这种时刻，我总是无法分得清楚现实和梦境。梦境的尽头是现实，还是现实的背面被梦境环绕？月光点燃了夜空，树影在急速退去，我坐在石阶上昏昏欲睡，似听见月光洒在池塘里的滴答声。又过了一个钟头，道路方才通畅，连忙离去。

17

梦里我们彼此呼唤着名字，相拥而泣，再也没有什么枷锁来约束我们，尽情地爱吧，真诚地为自己的心活一次，忘记亲人、孩子和毫无意义的工作。去河湾里坐在大石头上朗诵我们摘选的爱情诗，到山间小路上追随蝴蝶的踪迹，去偷校园里的青葡萄吃，在高温的房间里看电影，漫步于傍晚的公路上看着天上的云霞，伸手去够山下的荷塘，似在梦里发生，却实实在在存在，已成音符镶嵌在山峦的缝隙间。从山上下来的时候，草木都在向我们招手，连陌生路人的脸上都洋溢着爱情的笑容，看见那两块移动的云朵了吗？它们正在热烈地亲吻，正在天上享受着恋爱的曼妙。记忆竟是那般的遥远了，许多瞬间早已被青山定格在晕染开的绿色当中，跳动吧落日，哭泣吧恋人。每当夜幕降临，孔雀从月色里飞来，总会想到那时的我们。那时的我们，那般灿烂，胜过世上所有的晚霞。

18

梦就是小说的一种，因为它是记忆的创造。在梦里记忆帮助我们想象，且这种想象是贯通的，前后有着细微而又深邃的联系。它的逻辑感是反现实的，是荒诞不经的，就像被风带着走的种子，风刮到哪里，种子就落到哪里，哪里就会开花结果。梦也是小说的一种状态，不均匀，头重尾轻，琐碎凌乱，可当你从梦中惊醒，却如同虎口脱险，心脏直跳。这就是写作后的感觉，梦替你完成了一次小说写作，只是它不是文字，而是抽象的图景，是令人费解的电影。于是你很快就将它忘了，毕竟它只是闪过了很短的时间。而小说家就是在梦里捞月的人，是将梦境用语言还原出来的人。在梦里，我们尽情地抒情，为恐惧高歌，为流亡的人们拂去脸上的灰尘，在梦里我们看清楚了自己真实的欲望。梦象征着我们追求叙述自由的精神，控诉着我们以往的罪过，指示着未来的处境。

19

我见到过鬼，就在老院的门背后，其时西风忽起，门扇哗哗响动，我正蹲在墙角处观察一只蚂蚁，闻见有怪音传来，且有人拍我的肩膀。转身望去，只见一个黑影从门缝里钻了进来，张牙舞爪地在扬起的尘土里跳动，我想起母亲以前说过的话，连忙朝它吐唾沫，它往后退去，但并不出门。它是要来抓我上天吗？可它的样子并不友好，只有半张脸挂在空中忽忽闪闪，也不说话，地上的那只蚂蚁已经爬上了墙，正往更高的地方爬去，再次回头时，鬼竟不见了，门大开着，周围没有了任何动静，风也息了，就像什么都没有发生一样。前后大概只有几秒钟的时间。它是从地缝里钻出来的，还是从天上下来的？我想了很久它的前生和后世，但均无结果。再次醒来时，我正躺在床上，发着罕见的高烧，我把我看到的都告诉给了母亲，可母亲坚定地说我是烧糊涂了才瞎说呢。

20

大雪纷飞的夜里，悄无声息，狗冻得在柴堆里瑟瑟发抖，大地被雪光映得白茫茫一片，山前黑魆魆的，除了树影，再看不见什么东西。凌晨一刻过后，听见敲门声，便下炕去迎，透过门缝一看，惊得差点跳起来，原来是只花豹，它像人一样站在门口，不时伸出前爪敲门。我抚摸着胸口，但依然神色慌张，脊背发凉，我本可以大喝一声，将它吓走，但在那一刻，我喉咙里似乎卡了什么，一句话也说不出来，只是透过门缝，盯着它看。再细看时，竟发现花豹身后躺着一只喘息的羊羔，它还活着，没有被花豹吃掉呀。花豹还在敲门，许久了，见无人开门，便迈着轻盈的步子离去了，我又站着等了一些时间，确定它走远后，才将门推开一个小缝，迅速将门外的羊羔抱回来，雪地里尽是花豹留下的脚印。打开灯细细一看，这只羊羔正是昨日放羊时在雪地里走失的那只。

21

小说也可以写得像诗歌一样，充满着节奏的韵律感，也可以放肆地抒情。但其中韵律不是混沌的，而是清澈的，有着严密的稳定性的，抒情也不是随意地抒情，而是有节制的，有对情绪的抑制和深沉的挤压，如果没有这些，那小说的根基就不稳了，就松松垮垮，成了情绪的河流。小说和诗歌不同的地方，在于诗歌是面向情绪的，而小说恰恰是背对的，是在寂静的时刻割裂情绪，让情绪随风而逝，只留下空荡荡的心和人物。也可以让情绪贯穿着你，包裹着你，但在内部的处理上一定要体现出冷峻，体现出你渴望遏制情绪的勇气，情绪太满的话，容易给语言带来一种戾气或不安稳的状态。小说不像诗歌那样强调瞬间的释放，它更倾向于整体的把控，也就是说，写作时，你需将情绪揉成碎末，重新审视或审查你的情绪，毕竟有时候，我们都明白，情绪并不那么可靠。

22

鸟群集体在树顶打坐，就要修炼成仙了，它们热烈地庆祝着，叫声宛若海浪般在丛林间翻涌。这是它们离别前的一场狂欢吧，今夜过后，它们就会举起火把飞往天堂，去寻找最后的爱情仪式。如果不曾在幽暗的深夜里暗暗啜泣，又怎能换得今日的情分和热烈？它们在高空飞起时，我以为那是星辰在闪烁，是巫师们举着香火在云顶上舞蹈，口中默念的神语正是我前世的灾和福呀。鸟群还是像潮水一样退去了，留下被吵醒的天空和树冠，依然有三两只鸟雀在树顶站着，它们也被辽阔的寂静打动了，此刻正沉浸在昨日的梦里。嗯，心里泛起一种甜腻的孤独，鸟群把我的心事也衔走了，带到遍地开着彼岸花的山谷，带到杳无人影的岛上。在那里我修炼打坐，祈盼成仙，穿越深冬的林地，我会变成鹿，变成羊，可在这个傍晚，我只想和鸟群一样在天上痛快地大哭一场。

23

从梦里走向虚空，从虚空回到梦境。

它就是现实的合法性：以凌乱建立规则。

24

滈河岸边，暮色四起，鸟声不绝。车窗被雾气遮掩，从爱情底部升腾而起的热能将我们照亮，默默不语，我们在等待最后的光明。泪水被鸟雀叼走了，悲伤被河水冲走了，生活的琐碎被高高的白杨抚平了，在漆黑的空间里，我们体验着生，体验着死，体验着孤独的绚烂。被我们画上图案的石头在倾听着，画影里是小河边的欢笑和落寞。你渴望山脊下的小院，渴望落满雪花的幽暗，你作画的样子令我暗自发笑，我笑，并非是因你的糊涂，而是我多年未曾见过的天真。下来吧，到岸边的石头滩上来，忘了心事，忘了远处的行人，忘了河水，忘了还需晚归的家，这里只有我们，只有我们的笑声和沉默。雾气已经将我们包围了，它在为我们抵挡什么？那白色的起伏的喘息，被雾气折射，被你眼睛吞没。我想起来了，它是在抵挡恐惧，抵挡未来一切的变化与所有的不安。

25

一个梦。骑着自行车，在高速路上，没有车，到处是人，路边是砖墙，白雾漫天。乌鸦压抑得都叫不出声了。骑行了很久，好不容易挤出人群。看见在一个简易的小木屋，里头坐着一位慈眉善目的中年男人。他笑着和我握手，问我愿不愿意和他签约，我露出不解的神色，他说他是从远方来的，不久前成立了一个湖泊写作计划，需要签约一位小说家，问我愿不愿意加入。我差点跳起来，写了这么多年，还不曾加入过什么组织呢，不过我还是强忍着内心的喜悦，慢吞吞地在他的文件上签下了我的名字。临走时，他转过身对我说，下个礼拜他就过来拿稿子。他消失在白雾里，转眼连刚才签约的小木屋都不见了。我骑着自行车，驶上高速，这回高速上没有一个人，我在想回家后该写点什么呢，想着想着连路都看不清楚了，只能听见路面上传来叮叮当当的敲字般的响声。

26

半夜梦见母亲，醒后泪流不止，紧闭双目，思绪杂乱，窗外水声如巨大的幕布在风中飘摇，躺至天色微亮时方才起身。但记不起梦见了什么，站在窗前，望着山影，眼泪再次滴落。母亲生于20世纪50年代，没进过学堂，目不识丁，不像父亲，虽未念过书，但至少会写他的姓名，母亲什么字都不会写，在我的印象里，她没出过远门。以前我在县城念书时，母亲忽然给我打来电话，告诉我她打算去贵州打工，半年后再回来，让我照顾好自己。一了解，才知道她和父亲吵了架，憋了一肚子的委屈，我知道她会在半夜里默默流泪。我是母亲中年时身上掉下来的肉，她心里怎样想，我都知道。她一想我，我就打喷嚏，她一有委屈，就默默地坐在灶房里哭，看着跳动的火苗流泪。她总是想给我打电话，却又害怕打搅我。为我她不知掉了多少的泪，受了多少委屈。她是从苦日子里过来的人，现在依然过着清苦的日子。母亲啊，想到你，我就眼泪长淌。

27

被神偷走的孩子，在医院的窒息里放声哭泣。他多么渴望晨光里的露珠，多么渴望触摸我的呼吸和眼泪，在拥挤的黑暗里，他就是我跌落的命运。五年过去了，连他都忘了自己的存在，但在许多孤独的瞬间里，我常常会想到他，想到那一段惊惧而又鲜活的时光。可我并不曾见过他，他会长成什么模样，拥有怎样的习惯，有着怎样的笑脸和哭声，我一概不知，但我无时无刻不在想他。好几次碰见别人家的小孩，我都想起了他，他正在朝着我跑来，身体摇摇晃晃，脸蛋通红通红的，皮肤软软的，在我高高举起他的时候，他会吓得尖叫起来，然后尿在裤裆里。五年前的那天傍晚，你肯定害怕极了，在时间的嗡嗡声里，你多么渴望我能将你抱在怀里，但我什么也做不了，我坐在座椅上，泪眼婆娑。神把你偷到哪儿去了？我知道你在，你就是迎面的风，就是眼前繁盛的叶片。

28

气温骤降，外头还在下雨。一个人枯坐屋内，心里分外寂寥，忽想起儿时围炉而坐的情景。青蓝色的火苗，呻吟的雀鸟，湿漉漉的青砖，烟气往地上钻，奶奶斜靠在一旁，一脸凝思，不知在想什么。火焰深处，战马咆哮，鼓声连绵，黄尘四起，硝烟弥漫，我站在山顶，沉默不言，任凭西北风撩拨我心。我将自制的弓箭扔进炉中，看着战争一点一点被燃成黑灰，时间在悄悄地滴答，屋檐下的羊羔不知所措，卧在干枯的莎草堆里咩咩叫唤。在麦场一角，女孩背靠麦草垛，暗自啜泣，她想念远在广州打工的母亲，父亲无所事事，不是醉酒，就是在家里发脾气。男孩将铁环从村北头滚到村南头，不知疲倦，小轿车被阳光照得亮晶晶的直晃眼睛，我在院墙边的枯草深处，发现了一条死掉的青蛇，臭气烘烘，我捂住嘴巴跑走了。火还在燃烧，烧掉了噩梦，烧掉了我多余的泪水。

29

屋顶似在摇晃，河水在咳嗽，心的跳动，窗户上的蜗牛睁大了眼睛，一种格外紧张的欲望与热烈，情爱在地面上鼓动。彼此沉默，对视午后光的寂静，许多时刻忽然就逝去了，猝不及防，任你如何努力也无法抓住。疲乏深处的甜蜜，伴着河水的声响汩汩流淌，此刻，我是孤独的牵牛花，你是孤独的羊尾巴，我们的身体发动一场即将到来的兵变。逝去的都被风带了回来，死亡的都重新苏醒了过来，流走的又都倒着流了回来。我想我无法忘却这个时刻，盯着屋顶，体察着体温的火焰，而你就在那里，我们之间隔着遥远的天河，那么远，又那么近。我看见你的身影在壁画里微微倾斜，心在接受着一切，幸运的，不幸的，恐惧的，撕裂的，疯狂的，思念的，光明的，都被我们收进未来的牢笼里。醒后，你说你梦见了昏暗的夜，我告诉你，我梦见我们在城墙下一起挖红薯。

30

我一直在做奇怪的梦。仿佛在凝望另一片星空。鸟声弯弯曲曲，狮子哗哗抖动，一道道的亮光从我口腔里喷薄而出，石块重重地压在我的脖颈上，我坐在梦境的列车上，一个又一个的场景从眼前闪过。我死去，我重生，我在哪里才能找到完整的我？梦里的幻影是如此真实，以致我常常分不清我人在何方，在那些跳动的符号里，我和我的梦相依为命，紧紧相拥，照亮对方。在梦里，我至少还活着，感受着，体悟着，获得着，无论它是压迫我，刺杀我，麻醉我，还是将夜晚的毒酒灌进我的胃里，我都心甘情愿地接受，我斜躺在彩云里，吞咽下冰凉的星空和沙砾，皮肤渐渐长出了鱼鳞，头顶长出了树枝，耳朵里开出惨白的白花，梦在一点一点篡改我的思绪。从小到大，我从不相信命运，也从不接受命运的安排和摆布，但我相信我的梦，相信那些或大或小或明或暗的烛光。

31

五年来，加缪抽烟的那张照片一直被我放在书桌上，每当我停下打字，坐着发呆的时候，总喜欢凝视他深邃而又暗沉的目光。或许是长期相处的缘故，近来多次梦到他。梦里多是些不完整的面孔和表情。梦见他坐在山谷里吸烟，烟雾却从他的头发丝里冒了出来，一旁坐着好几个穿着艳丽的年轻女子。梦见他满头大汗追着我跑，我很想停下来和他说话，双腿却就是不听使唤，怎么也停不下来，一着急就醒了。还梦见他骑着汗血马在悬崖边上驰骋，身后是百米高的巨浪，浪尖上站立着我从未见过的怪兽。我能想起来的只有这三个梦。梦里他似乎显得格外紧张，脸色惨白，隐隐约约记着，他的头顶上还站着许多只百灵鸟，有望不到头的公路，有飞舞的蝗虫，有同他争吵的老者，云层总是压得很低，天仿佛就要塌下来似的。梦里的云层总是压在他的头顶，呼吸都格外作难。

32

火车朝着落日的方向疾驰，似乎要开到太阳深处，田野上空浮动着薄薄的雾霭。少年将头靠在窗户上，远处的林丛灰扑扑的，鸟群不时飞起，这是他第一次乘坐长途火车，心里被一团虚妄而又悲戚的情绪压抑着，清冷的阳光宛若一张透明的布盖在外头的世界，黄河、工厂、村庄、农田、公路、山谷、隧道、混乱的建筑都一闪而过，少年都看到了，但很快又忘了，仿佛他只是坐在车窗跟前回想往事。脚下车轮正在噬咬铁轨，震颤通过铁皮传至他的心头，他觉得自己正在赶赴一场被世人遗忘了的死亡现场，他时而昏睡，时而醒来，窗外的景物不断地在重复着某种秩序，寂静的，空旷的。都在泯灭。他对着窗户哈气，然后用手指画出一些简单的图案：残缺的五角星，牛头，龙，朝天游去的鱼。他能感到有什么东西正在悄悄地吞没他，但那究竟是什么东西，他也想不明白。

33

流泪不止，如同雨滴。跌倒在一旁的水渠里？遍地的野花，羊羔在咀嚼枯黄的核桃树叶，背靠水渠，能看到羊羔受伤的前腿，后面一条腿是褐色的，仿佛刚刚被夕阳包扎过。看到鱼群，却没有水。北方的天空下，只有我躺在水渠里，被植物藤蔓捆住双脚，无法挪动，臭气直往鼻孔里钻，羊羔已走到我头顶位置，盯着我咩咩叫了几声，它想拉我上来吗？可它的前腿明显受了重伤，是摔断了还是被牛踢了？它神情落寞，像位哲学家。我躺着干着急，爱人还在公寓等我带食物回去，孩子在阳台上玩塑料挖掘机，可我却动弹不得，一着急，眼泪就涌出，也不怕羊羔笑话呢。管不得那么多了，我开始挣扎着往上爬，可越挣扎，藤蔓捆得越紧，地上的草都被我蹭掉了许多，却毫无进展。那羊羔站了许久后，也提着那条受伤的前腿，一跳一跳地离开了。只记得我后来哭了许久。

34

梦里你从中学的教室出来，手里拿着一把团扇，上头有朋友抄写的唐诗，夜色浓重，星垂大地，北斗星尤其亮眼硕大，近在咫尺，伸手可揽，朝下悬在黑魆魆的树丛上空。你站在台阶前，屏住呼吸，仰头望繁星，宛若你此时正站在银河中央，头顶的星辰绚烂得让你不能逼视，身体发晕，你渴望也变成一粒尘埃隐入茫茫星空，渴望从压得喘不过气的生活中抽身出来。你本就是星辰，却被困在人间，你本就挂在北斗星一旁，奈何在鸟鸣中迷失方向，闭上眼睛飞吧，去星辰深处寻找火的意象和美梦。你站在教室门口的时候，你并不知道，乌鸦正在树冠里望着你，小西瓜虫正躲在砖缝里感受着你的心跳，猫在等待着你发出飞向星空的号令，我在你梦境的角落里等你，只要你一声令下，只要你往前一跃，天河就会为我们打开一条大路，就会接我们去那个永不存在的地方。

35

荡漾的噩梦，被囚禁在寒意中。罪过与紧张，现实与荒芜，默默忍受，多么难熬的寂冷的月亮，臭虫潜伏在窗户上，酝酿着夜晚的复仇。我迷失在失眠的甜蜜里，吞食水声，不能自拔。我忘却了世间的爱，却又感知到了爱，爱是亮堂堂的，又是长满苔藓的。手提长刀，跨上白马，披衣若狼，幽幽夜行，我被玫瑰刺得遍体鳞伤，又被茉莉亲吻得面色红润。卧倒还是忘却？

36

午后，阳光灿灿，躺在公寓里的长凳上观天，秋叶层叠，金黄如火，不觉间昏昏睡去。看到有条窄小的胡同，悄声步入，走了许久，却到不了头，身后有脚步声，好像跟着人，回头看，空荡荡只有秋风在吹。在一户人家门口驻足，朝院里望去，一老妪在清扫地上的落叶，见我站在门口，她问我找谁，我紧张得不知所措，口中挤不出一个字。她忙朝身后的二楼望了一眼。顺她的目光看去，一年轻女人正手扶栏杆定定地望着我，阳光正好在她肩膀上晃晃悠悠，宛若倾泻的瀑布，我羞得面色通红，全身冒汗，她没说一句话，脸上笑意盈盈，仿佛是我前世的恋人。屋内传来风铃的声响，她身旁挂了许多的千纸鹤，风中微微摆动正要飞往山谷，我忽然感到这里是那么亲切，院内花草，屋檐上的图案，都有似曾相识之感。前世我就住在这里吗？阳光刺得我睁开了疲惫的眼睛。

37

当我被接踵而至的梦境包围时，心里清晰地感受到时间在杳无人迹的山谷间来回振响，身体绷得紧紧的，渴望醒来，却无法醒来。迷雾从天而降，黑沉沉的重压，似乎随时会有危险的事情发生，一种迟缓的惊吓，推着我在半醒的状态里摇晃灵魂。我时常会有这种感觉：身体疲倦得如同掉进绵软的沙土里，意识却兴奋得要从空中跳下来，朝着黑漆漆的万丈深渊跃去。这样的时刻太常见了，从远古到汉唐，到明清，到今天，无时无刻不在发生，不在上演，但所有人都在忽视它的存在，忽视从梦里到醒来的过程，忽视另一种可怖的现实。人们害怕它，一如害怕豺狼虎豹，梦就犹如野兽在森林里狂奔，犹如午夜时分从地洞里溢出的冷风和号叫，背负着时代的重担。无法喘息，不时会战栗，双手压在前胸，渴望离别时的拥抱，在薄薄的意识里，我已经朝未来逃窜而去。

38

秋老虎并没有露出狰狞的面孔，反在山风的吹拂下比以往都要温顺，半眯睡眼，少年的笑声掉在地上，叮叮当当地响，一夜间，林丛被山神吻红了脸，到处都是梦游的臭虫。从永寿到太乙，从立春到霜降，做了多少梦，星辰近了，又远了，秋老虎阔口微开，被残阳抚摸一遍后，又沉沉睡去，等到暮色四起，它方才面露寒色，朝天怒吼。坐在林边，寒月萧萧，想起杜甫，千年前，他也曾孤坐寒屋，心头怆然、背影寂寂吧？仿佛是从李白梦里流来的河水，举杯邀月，对影三人，树影婆娑，风中飘满孤独的泪。那年在瑞士因特拉肯看到的月亮，也如今晚一样寂寥呢。我在等待谁？在渴望什么？在失落什么？这些天里，我时常想到杜甫，梦到他的茅屋，“八月秋高风怒号，卷我屋上三重茅”，仿佛我此刻也坐立风中，茅屋被狂风掀起，秋老虎这是要活活吃了我么？

39

你是梦中的雨神，站在街道中央，蛋糕的香味宛若春天的雨丝将你包围，隔着你和店面的是火焰，是海水，是冰山，你拿出手机扫码，显示出的却是一张蓝色晴雨表。既为雨神，就该有雨神的梦，雨神的失落和热情，从今天起，忘记昨日的苦痛，像孩子去寻找被遗失在角落里的笑声和呐喊，在皮筋的晃动里，在桐树的树杈上，在大雨倾泻的屋檐下，在隔壁阿姨柔声柔气的细语里，在同伴忽然而至的泪水中，世上有趣的事情那么多，我们是从雪山下来的人，长着雄鹰的翅膀，有着清澈的双眼，蛋糕店，咖啡馆，河流，被夕阳罩住的林地，人群，城墙上的晚霞，我们现在就出发，去穿行在古时的梦里。虽说噩梦时时发生，人们在命的圈套里无力挣扎，虽说天阴天晴非人为，牙齿脱落是自然现象，但对于掉在我们头顶的一切，要勇于说：一切阴暗痛苦，我们并不接受。

40

怎么都想不起来，却又觉得刚刚发生。能确定的，有青蛇和望不到尽头的槐林，嗡嗡响的金属碰撞声。还好像有女人在柏油马路上抽烟，面色阴郁，披头散发，眼角挂着泪水，但我并不确定，或许只是醒后的臆想，或矫情的虚构。因而说，当我回想梦境的时候，记忆准确无误吗？是否会在潜意识中进行主观上的修正或篡改？梦就是我的童年，就是我家门口的那棵椿树，就是卧在墙垣上的小花猫，就是我所有的过往。我在做梦的时候，梦在窥视我内心的秘密，也在穿过地下隧道直接抵达我身体里的秘密花园，花园里可没有花，只有活蹦乱跳的小猴子和绽放的嫩芽。尽管我无法重现刚才的梦，但我知晓我身体里的秘密花园见证了梦发生的全部过程，无论其是清澈的，还是芜杂的，事实上，梦已经随同我的毛发一起脱落在秦岭的红叶里。梦其实是我讲给身体的情话。

41

我知道你正站在天上看我，台阶陡峭，几乎直立，窄窄的难以望到头，我拼尽全身气力往上攀爬，头也不敢回，脚下发抖，在我头顶上方很远的地方也有人在爬，不过很难看清他们的身影。我很害怕，却只能硬着头皮往上爬，唯一能让我感到松弛的是你的笑，在我回想我们的过往时，听到几声惨烈的叫声，沉入谷底，往上看，台阶直插云霄，大雁南飞，更加恐惧，感到自己好像被抛弃，无依无靠，也不知晓这样一直攀爬的意义在哪里，但我不能不爬。或许神正躲在云层里对我阵阵嘲笑，你肯定不会笑我的吧？我这样没日没夜地爬，可都是为了能早日见到你呀，当然我也不想命丧谷底。有人竟骑着摩托车往上走，速度快得像往上刮风，我心想，这么长的台阶，等他的摩托车没有油的时候，肯定会像石头一样滚落下来，但这种想法加重了我内心的恐惧感。忽醒了。

42

黄蜂像轰炸机一样从树顶疾驰而来，少年捂着瘦小的脑袋仓皇逃走，喉咙里还挤出尖细的叫声，刚刚昏睡过去的黄牛抬头望了他一眼，又闭眼睡去了，午后的镇街闷热得就像蒸笼，连狗也懒得吠一声。只有山鬼背着手在巷道里大摇大摆地踱来踱去。少年四岁时，父亲醉酒后骑摩托车栽进沟里，当场摔死，次年母亲南下打工，至今未归，去年冬上，奶奶在庭院摔了一跤，再也没有醒来。他经常一个人在桐树下玩。在树下睡大觉，捉蚂蚁，砌房子，做白日梦。也是突然的一天，他发现了隐蔽在树杈背后的蜂巢，他想它们肯定是趁他睡觉的时候才将家搬到了这里，占了他的领地。最终他决定用火烧死它们。他先往蜂巢上泼了从家里偷来的煤油，接着又将点燃的树枝丢在上头。蜂巢像火球轰一下燃烧了起来，黄蜂大多被烧死了，但还是有一只逃了出来，蛰在他的耳朵背后。

43

看见天牛，暗自振翅，却未能飞走，黑光闪闪的背上刻有许多模糊不清的图案，我在它的旁边重重地拍了一巴掌，试图将它吓走，毕竟大雨将至，却不想它纹丝不动，仿佛什么也没听见似的。我又一连拍了几巴掌，它仍旧稳如泰山，不久后，暴雨来了，伴着冰雹，田野里噼啪作响，我撑开伞继续观察它，它还趴在长长的玉米叶上，两根触角伸向天空。到这里，我忽然醒了，回到书房，竭力回想刚才的梦，但思绪沉重得就像站立在冬日的阴云下，许多细节都已模糊。隐隐记得甲虫的长腿，好像被东西给夹住了，它拼尽全力地挣扎，暴雨好像消失了一般，梦里只有甲虫的影像，没想到它的腿忽然断了。像一截木头放在那里，玉米田也消隐不见了。它变得比苹果还大，近距离看它的头，一种恐怖的消沉的魔鬼形象，它朝我扑过来，嘴巴张得奇大。差点把我给活吞了。

44

梦是一种陈旧的感受，破土而出。

仿佛朽木在黑暗里被老鼠噬咬，伴随着现实的惯性。

45

在空灵的云彩里，在包拯的脸上，在斑鸠卧过的灌木丛间，月牙高悬，晚风吹拂，证明着一种事实。暗夜下，耳朵在说话，眼睛在倾听，嘴巴在想象，额头在记录，多荒唐的故事，彩虹摇摇欲坠，大雪覆盖了城市。

落木萧萧，长江滚滚。像声音包住了森林。

46

红叶亲吻终南，雾气为夜空披上银白色的棉衣。

梦里我是漂泊的旅客，梦外我是被少年折走的芦苇。

47

梦是蜗牛在窗户上留下的湿痕，是一个又一个的谜。生活也是谜，人们都在试图揭晓谜底，但遗留给我们的，只是长长的悲叹。漫长的写作中，我是孤独的兽，惘然的风，我相信我的梦，相信一切的混沌，像蜗牛那般爬过，呼吸潮湿的云彩，我是被生活抛弃的婴儿，我只有梦、语言和耳边的回响。

48

站在草丛间，我被幽暗的晨光和辽阔的寂静围困，无法挣脱，显然我的身体被什么东西给捆绑住了，朝前看是奇崛的山峰，朝后看是呀呀叫的鸦群。这个情景发生在午后，忽然想起，仿佛一个隐喻。它在对我阐明什么呢？即将燃起的山火？自然的空洞？你站在台阶上，脸上浮现出悲伤，不知该前行还是后退，显然生活给我们开了一个天大的玩笑。但现在，我们就站在天池边上，站在这里，无论是闭眼回望，还是默然叹息，至少我们看清了眼泪是透明的，是滚烫的，它就在山间汩汩地冒着，不曾停歇。八年的光景宛若发白的光芒，将你笼罩在漆黑的夹缝里，你时不时就被这突如其来的火焰灼伤，可你忘了童年时的思考，或许痛苦正是大地的馈赠，拥抱那尚在寒风中开放的花朵吧，抛弃头脑里的毒刺吧，勇敢地和现实的黑去斗争一场，你依然是山的孩子，梦的宠儿。

49

院门口就是山谷，院内聚了许多人，进进出出，屋檐往下滴水。我在院内站了会儿，听不清人们的说话声，也不知道他们接下来要干什么，就出来站在门口朝山谷下面看，远处是无垠的湖水，绿得发亮。这时，我也不知道自己为什么会将身旁堆起来的木材推下山谷，只听见山下传来激烈碰撞的声响，我屏住呼吸朝前走了两步，往下一看，只见湖边站了许多挖石头的工人，他们仍在忙碌着，但显然被我推下山谷的木材砸到了某个人，我已经听到了疼痛的呼喊声，可身旁别的工人并未受到影响，还在光着膀子挖石头。我害怕极了，院内忽然爆发出阵阵笑声，人们纷纷将脸拧过来看我，但我看不见他们的脸和表情。笑声像雪球一样从院内滚出来，越滚越大。人群中，有人朝我喊：你杀了人，要被逮了。又是一阵可怕的笑声，山下的工人还在干活，日头已爬上头顶。

50

朝星空里坠落，像无助的枯叶，像折了翅膀的蝴蝶，被天空卷到最漆黑的地方。我睁开眼睛，发现自己正坐在树杈上，星辰就挂在头顶，树精捎来消息，说我的小说获得了皇宫里的文学奖，听罢，我的心就狂跳起来，这时，只见远处来了一列仪仗队，阵势庞大，一个白面书生走过来，给我颁了奖，一抬头，他们都消失在了公路尽头。村口的土狗狂吠起来，似乎在讽刺我手中的证书，我跳下树杈，捡起一块砖头就朝它丢了过去，却未砸中，它吠得更凶了，挣脱开了铁链朝我扑过来，我吓得连忙爬上树杈，慌乱中竟将刚刚领来的证书掉在了地上，土狗扑了个空，喉咙里发出嗷嗷的低吼，几下子就将证书撕成了碎片，然后不声不响地离开了，又卧在了村口的石头旁，眯缝着眼睡去了。我跳下来，捡起被撕烂的证书，心里一阵难过。捡起砖头又砸向土狗，可土狗去哪儿了？

51

浅滩。碎石。蒿草。斜阳。鱼苗。寂静深处的压迫，浮在水面上，在清风里左右摇曳。脑袋昏昏沉沉，盖着发霉的苔藓，野草从底部斜斜长出，感受到外界的重力，在半醒与半睡间，乘舟远游，深深的疲惫，被干枯的柳条来回抽打，被梦游的白云死死裹挟。一头是极致的快乐，一头是无尽的悲痛，面前的石猴盘腿静坐，平视远方，我走进黑咕隆咚的山洞，伸手不见五指，但墙上的铁锁却闪闪发光，墙角传来嘶嘶的响声，我吓得连忙后退，可洞门紧锁，无法逃离，我抓定铁锁朝着月亮怒吼，但无济于事，没有人会在这个时候出现在荒郊野外。有的话也只能是坟地里的孤魂野鬼。醒了，头脑肿胀，仿佛被人掐住了脖颈，又翻身睡去。我如临深渊，只等着鸡鸣时分一跃而下，今夜是我人生中最苦痛的一夜，我茫然四顾，不知所措，甚至竟不知自己是在梦里还是醒着。

52

一种被抛弃的荒寒，一片陈旧的死寂，一股无声的悲叹。

我们坐在屋内，被大雪围困。你忽然听到门外传来什么怪响，我掐灭手中的烟，推门出去探看，迎面而来的风差点把我掀倒在地，虽未倒下，却被风沙迷了眼睛，我使出全身力气，才勉强站稳。屋内传来你的喊声，吓得我转身就退回屋内，只见你瑟缩一角，盯着门口粗声喘气。你说你看见什么东西跑了过去，但究竟是什么，你也说不上来。我朝门外望了一眼，黑咕隆咚只有风在刮。

后记

吊月秋虫，或曰沉思

一

年初时雄心勃勃地做着小说的幻想，多半年过去，小说一篇未做成，竟零零碎碎写成了这样一本小书，确是未曾料到的。要放以往，我肯定会焦虑不安，可写随笔这段时日，虽说小说一篇未做，心里却毫不慌张，甚至觉得，这是我距小说这门艺术最近的一年。似乎于另一个空间里，重新感受、抚摸、亲吻了一遍小说。长远来看，也该停停了，我完全可以像过去那样继续写下去，发表也不成问题，可会不会陷入自我重复的境地？这实则是为自己的懒惰找借口，也或许是才思枯竭的前兆，但不论怎么讲，这些随笔从精神上安抚了我寂寥的心，给予了我蓬勃的艺术想象力，大半年来，我过着清淡的苦行僧式的生活，一边上课，一边思索。寓所位于翠华山下，山色秀美，空气鲜洁，在这里我获得了心灵上的大自在。我变成了一株铁杉，一只秋虫，一头金钱豹，一名沉思者。在阴郁的风声中我凝望山脊上空的星光，在神秘的霞光中我回忆昨夜的幽梦，一日日地读，一日日地写，我是铺在草丛间的白霜，是树后跳动的鬼火，也是深夜里的捕鱼人。

二

忘了从什么时候起，梦渐渐多了起来，今年尤其多，且多是些荒诞不经的怪梦，醒来后，多半也都忘却了。大多时候，我总将梦境当成肉身说给灵魂的悄悄话，极少沉到内部去探究，不得不说，这是一笔损失。某个时段起，我有意注视起从我脑袋里汩汩冒出的怪梦，这一对视，真切惊了一跳，才发现梦竟是这般的真实有趣，显然是一座值得深挖的富矿，于是便自觉地将梦看成一种与我密切相关的现实，一声来自命运深处的悲叹。清晨醒来，先躺着回忆一下夜里的梦，等梦里的人事情景变得清晰可触时，再起身在稿纸上录下来。一年来，我像蚂蚁一样穿梭在梦境的密林深处，东瞅瞅，西看看，竭力成为一名梦的搬运工。现在回看这些或长或短的碎片，不禁要感叹起梦的瑰丽与璀璨了。我常感到失落，感到苦痛，梦里是岸边的桃花源，梦外是泥泞的沼泽地，我来回奔波，不堪重负，但这梦无论是好是坏，是庸常还是怪诞，毕竟为我排解了愁闷。冬月萧萧，寒风寂寂，这本小书后，我要集中精力来写小说了。

2022年12月于太乙